"无须站在他人立场上思考，只需注视自己的身体，与自己对话便足够了。"

闭经记

閉經記

[日]
伊藤比吕美 著

蕾克 译

广西师范大学出版社
GUANGXI NORMAL UNIVERSITY PRESS
·桂林·

图书在版编目（CIP）数据

闭经记 /（日）伊藤比吕美著；蕾克译. --桂林：
广西师范大学出版社，2022.7（2025.5重印）
ISBN 978-7-5598-4997-7

I.①闭… II.①伊… ②蕾… III.①随笔 - 作
品集 - 日本 - 现代 IV.①I313.65

中国版本图书馆CIP数据核字（2022）第076460号

HEIKEIKI
BY Hiromi ITO
Copyright © 2013 Hiromi ITO
Original Japanese edition published by CHUOKORON-SHINSHA, INC.
All rights reserved.
Chinese (in Simplified character only) translation copyright © 2022 by Folio
(Beijing) Culture & Media Co., Ltd.
Chinese (in Simplified character only) translation rights arranged with
CHUOKORON-SHINSHA, INC. through BARDON CHINESE CREATIVE
AGENCY LIMITED, HONG KONG.

著作权合同登记号桂图登字：20-2022-042 号

BI JING JI
闭经记

作　　者：（日）伊藤比吕美
译　　者：蕾　克
责任编辑：谭宇墨凡
装帧设计：汐　和　 at compus studio
内文制作：陆　靓

广西师范大学出版社出版发行
　　广西桂林市五里店路 9 号　邮政编码：541004
网址：www.bbtpress.com
出版人：黄轩庄
全国新华书店经销
发行热线：010-64284815
北京启航东方印刷有限公司印刷
开本：787mm×1092mm　1/32
印张：7.5　字数：110千字
2022年7月第1版　2025年5月第12次印刷
定价：42.00元

如发现印装质量问题，影响阅读，请与出版社发行部门联系调换。

目次 ■ contents

热翻了。

我搞不明白，这么热，是因为全球变暖，所有人都觉得热？还是只有我？

年轻时，冬寒夏暑我都不在乎；倒不过来时差和旅行疲劳什么的，也和我没关系，我是钝感族的。

现在上了年纪，变得敏感得要死。飞完一趟洲际远航，迟迟倒不过来时差，一瘫就是十天。下半身和腰部更是血行不畅，冰凉凉的，与其说是畏寒，不如说是一种疼痛。内裤也眼瞅着越买越大，过去连阴毛都遮不住，现在一直拉到肚脐眼儿以上，高高的。无论如何最难忍的，还是这种热。

时值十一月。人们都说好容易熬完了盛夏和秋老虎，天气终于冷下来了，我在这个时候去了东京。

啊，我忘说了，我平时住在南加利福尼亚。

南加州这地方，往好里说，是气候好；往坏里说，是天气没有变化。没秋天，没冬天，只有强力干燥版的春天和夏天。天暴蓝，阳光强烈。这种阳光对中年妇女来说，极其残酷无情。

南加州的中年妇女都不在乎阳光如何如何，结果就是每个女人都晒得焦兮兮的，浑身斑点，但人家不在乎。我也想学着不在乎，无奈我经常回日本，日本女人个个皮肤又白又光滑，就我一个人是南加州款的，浑身焦黑，总有点儿不自在。

既然没有秋天和冬天，那么无论天气，还是文化，就连地上长的植物，都没有阴影。不存在寂寥情调。没有 Wabi-sabi，寿司里倒是有 Wasabi[1]。这里的人们热情友好，表里如一，就像晴空下的晒鱼干（比喻）。人们的脑子里估计也是晒鱼干。我家最小的女儿就是个"晒鱼干"，都高中生了，整日不学习，快活得没心没肺。

大女儿和二女儿已经离开了家。老二因为还在

1　Wabi-sabi，侘寂之意；Wasabi，山葵芥末。

上学，偶尔还会回来一下。而老大自从离开家，就没见过她人影儿。

我还有个夫[1]。因为我找了个比我年纪大很多的，所以他现在是个老头儿。家里还有俩狗，一大一小。个头小的正年轻，大块头的已经是老狗了。

在日本熊本县，我还有个父亲，和狗一样老，啊，不对，比狗衰老多了。老父亲一个人住，所以我经常从南加州横穿太平洋回熊本。

就是我回日本的时候。

朋友们给我发邮件说日本可冷了，最好穿厚点。我就信了，往行李箱里塞了毛衣和羽绒服，飞到了东京。

着陆前，机长告诉大家，东京地面温度八摄氏度。我预感到了冷，心里正高兴呢，一落地，成田机场大楼里暖气堪称咄咄逼人，等出了海关走到外面，我已经热得浑身是汗。

那之后，无论我走到东京的哪儿，电车上、大厦里、咖啡馆，都觉得岂止是暖和，简直是热翻了，我浑身臭汗。室外确实清凉，但不能一天到晚在外

1　原文即为"夫"。

3

面走啊，只要一上车，一进室内，汗就下来了。

实在受不了，我脱了一件又一件。如果是夏天，为了遮掩满身松懈肥肉，我一定会穿一件宽松的上衣。现在顾不得那么多了，我脱了大衣，脱了毛衣，摘下围巾，终于，只穿着一件 T 恤衫出现在人前人后。满身肥肉乱晃，还带着汗臭气。我自己闻闻，都觉得自己像一个刚参加完社团活动满身臭汗的高中生。

再看周围，别人都好好的，都安安稳稳地穿着冬装，不见一点汗。甲穿着厚毛衣，乙穿着沉甸甸的大衣，丙穿着毛皮长靴，丁甚至穿着羽绒服。

我这才觉得不对劲，于是有了文章开头的那个疑问。

这热，究竟是全球规模的呢，还是只发生在我身上？

答案八成是后者，我想明白了。那几个警告我日本可冷了要多穿点的朋友，她们比我先闭了经，已经胜利逃离了更年期。

终于轮到我了，闭经。

我以前闭过一次，后来又恢复了，哗哗的，势头和从前一样猛。都怪荷尔蒙剂，不对不对，多亏有荷尔蒙剂。

服用荷尔蒙剂至今半年了。托荷尔蒙的福，我身体分泌物的气味越来越重。从上到下，从里到外，最近都重得让我皱眉头。

前不久，我一进厨房，就看见地板正当中躺着一只痛苦挣扎的大老鼠。

别看我这样子，其实我特别害怕这种事。我很没出息地尖叫出声，把（一如既往）憋在工作间里的夫拖出来，将厨房里的残酷现实戳给他看，问他怎么办。夫脑子里只有他的工作，莫名其妙地说了一句"我可是 Cohen 哦"就（一如既往）想逃跑。据说在他们犹太人的传统里，Cohen（夫的姓）代代都是高僧，忌讳触摸死秽。骗鬼呢。他平时嘴上这么说，可是给老鼠下毒设陷阱的时候，他是最心狠手辣的一个。管他是高僧还是矮僧，收拾死老鼠的职责，必然要落在他身上。

他很不情愿地用扫帚头把老鼠往门外推，最后，推到了大门外的路边上。还没死透的老鼠躺在那儿，奄奄一息地抽搐着。我一直放心不下，隔个十分钟，就去看看老鼠是不是还在喘气。

这时正好遇到夫的助手，我问他："你有勇气碰死老鼠吗？"

他说他不行，但是他上初中的儿子不仅敢碰，而且非常喜欢碰。于是我决定等他儿子放学后过来。在等待的时间里，老鼠一直没死，更准确地说，是欲死不成。它抽搐着，一点一点挪动身体，从路边一直挪到了路边垃圾桶后面的幽暗角落里。

濒死的生命希望自己死在僻静的暗处啊，我忽然共情了。然而无论我再怎么共情，老鼠毕竟是老鼠。假设是狗奄奄一息，我肯定抱着狗去找兽医求救。狗，是要救的。老鼠？必须消灭。这就是现实。这只老鼠之所以奄奄一息，是因为它吃了夫下的鼠药。之所以下鼠药，就是为了消灭老鼠。之所以必须消灭老鼠，是因为老鼠在家里乱窜，干扰了我们的生活。

我每隔十分钟出去一次，注视老鼠的死去。不是观察，不是那种冷彻的视线，我只是与它共情，我注视着它的死，注视着它身上久久不愿离开的生。

我要是能这么注视着我母亲，她该多么欣慰。我母亲也是一点一点死去的。她死时，我没能在她身边这么看着。

我回到熊本的时候，住院的母亲状态已经很危急，我推迟了返美，暂时留在日本。但这种事没有办法预测，主治医生不能，我也不能。

我在日本多停留了两个星期，陪在母亲身边。加州的家人没完没了地对我嘟囔：他们很疲惫，很孤独（主要是夫），主治医生也对我说"病人目前的状况不要急"，于是我飞回了美国。两星期后，母亲死了。

母亲还活着的时候，主治医生对我说过一句没头没脑的话，"住院的老年人经常在护士们看不到的地方默默死去"。多亏了医生这句话，我对母亲的死，既没有胡思乱想，也没什么伤感。只是心里有了挂念，我与她血肉相连，很遗憾没看到她离开的那一瞬间。同理，我母亲只有我一个女儿，她也一定希望走的时候女儿就在身边吧。

现在我眼前的是老鼠，不是我母亲，但我觉得，冥冥中两者之间好像有一种相连。虽然我没有去抚摸它的手和脸（如果是我母亲我一定会这么做），但我从一米远外，目不转睛地注视着它一凸一凸抽搐着的肚腹，圆而无辜的眼睛，震颤着的手足。这也是一种送终。

在我的注视下，老鼠死去了。

那天正好是垃圾日。偏偏是那天，助手的儿子放学之后没有过来，而冬天日落时间早，所以只能由夫出马。他很不情愿地捏着老鼠的尾巴，把它甩进了垃圾桶（一如既往）。

加利福尼亚扔垃圾的方式，是和民营的垃圾收集公司签约，把可燃垃圾、可回收垃圾和修剪庭院产生的草木垃圾，分门别类地扔进指定垃圾桶里，放到路边。早晨，巨型垃圾车开来，机械手抓住垃圾桶，猛地哗啦一下倒过来，再放还原处。垃圾桶非常大，别说老鼠了，扔个成年男子（比如夫）进去也不成问题。

吃光了
本命巧克力的
老犬之心

　　每年情人节时，夫例行送我一盒歌帝梵巧克力。送巧克力这事儿，在美国没有必须是女送男的说法。比如我家，每年到了时候，夫给我一盒人情巧克力，我送他一瓶人情威士忌[1]。

　　今年的巧克力被狗吃掉了。大盒的，歌帝梵巧克力。

　　茸茸到了五月就十三岁了。

　　作为一条德国牧羊犬算长寿的。茸茸刚来我家时，是和我家小女儿小留差不多大的小奶狗。慢慢地，它赶超了家人的年龄，先成了和我同龄的欧巴桑犬，接着又成了和我在熊本刚过米寿[2]的老父

1　情人节时，日本习惯女性送男性巧克力，其中又分人情和本命两种，人情巧克力送朋友、同学和同事，本命巧克力送给恋人。等到三月十五日时男性会买礼物返送女性。

2　指八十八岁。

一样的垂垂老犬，眼睛里有了白膜，屁股瘦瘪得能看出骨架。湿疹老毛病越来越严重，它经常用牙咬，身上秃得东一块西一块，还散发着老龄臭似的体味。它站起身时，好似在忍着腰痛，浑身颤巍巍的，与我身患帕金森病的老父亲一模一样。它坐下来时，我几乎能听见它用犬语喊着老年人的号子，"哎哟"。

它那样子，就像因为活得太久，不打算继续当狗，变成了一个老年人类。

因为不当狗了，所以即使看见一个球，它也不再像一条狗那样撒着欢儿地去疯追。它忍着想咬球的冲动，耐心地守着规矩，用鼻尖一下一下拱着足球。它曾是一条被训练得非常好的德牧，它那样子，仿佛忘了自己不再当狗、已经成了"老年人类"的现实，回到了从前，变成了一只乖乖的小狗崽。我在一旁看着它，忍不住露出微笑。

但是！如果家里没人，只剩它看家，它就真的会变成小狗，干小狗才干的坏事，乱翻垃圾箱，撒一地垃圾，在客房床上撒尿。

当夫说出"巧克力怎么不见了呢，我买好后明明藏在桌子底下，说不定被谁偷走了"，我听后一惊，心跳加速。哇，夫这不会是老年痴呆症初期症状吧！

有谁会偷偷摸摸钻进我家，专门偷一盒巧克力？

我说："你以为买了，其实是忘了吧。"

他义愤填膺："什么，你以为我痴呆了吗？"

这事发展成了一场炽烈的夫妻吵架，然而犯人是茸茸。

我松了一口气，太好了，夫没痴呆。但是养狗的人都知道，狗不能吃巧克力。更何况大盒歌帝梵巧克力贵得可笑，坚决不是狗可以吃的。

最近茸茸经常过来找我，鼻子里呼呼喘着粗气，催促我："什么时候开饭？"我说"你刚吃完"，它还不服气。散步回来五分钟后，它又过来叫我："该散步了吧？"

母亲生前快卧床不起的时候，我一打电话，她总是翻来覆去地问我："你什么时候回来呀？"我说下个月就回去。五分钟后，她又问我同样的问题，一遍又一遍地问。就像现在的茸茸。

都是翻来覆去，母亲想确认的，是我什么时候回家；茸茸想确认吃饭和散步。所以，就算我感慨茸茸痴呆了呀，但没有舍不得，也没有悲伤，想到从前那条极其聪明的狗如今变傻了，只觉得又滑稽又可爱，或者说可哀。

狗没有语言，不会说怄气狠话，也不会顶嘴吵架，不会解释，更不会给自己找借口。因为有语言，所以想表达心情，表达那些原本不用说出口的心情，说出口也于事无补的心情。我不指望它说，我自己也不会讲。

因为有语言这种东西，我们为父母的衰老而伤心。

女儿们看着茸茸的样子，笑着说"老太婆老太婆"，她们并没有嘲弄或轻蔑的意思，"老太婆"在她们嘴里是一种饱含感情的亲昵称呼，但我心里不舒服。

过去，我母亲刚到所谓的"老太婆"年龄时，我随便说了一句"都已经老太婆了呀"，母亲听后，表情严肃地对我说："我知道自己已经老了，却不希望被人叫作老太婆，我会不高兴的，所以请你不要这样了。"

我母亲从来不说什么深奥大道理，也许是讲不出来。她是个单纯的母亲，那时却对我说出如此明

确的主张。我马上深刻反省了。那之后，我在父母
面前，再没有用过"老头子"和"老太婆"的称呼。
现在，我也不会这么叫茸茸。

啊，一不留神，从文章标题就开始放飞自我了。

在男人面前不方便说月经什么的。就算是我，也多少有点顾虑。不过话说回来，月经和经血根本不是什么害羞的事，要不然，换说成关爱或呵护？

但此时各位读者正在看的可是《妇女公论》杂志，我不觉得会有男的主动买来看，所以也没有可忌讳的了，就直接说吧，经血经血经血。

即使都是女性，也有很多人讨厌月经。前不久我的同龄女友说过："再也不用受那个罪了！"（就是说，她已经闭经了。）然而我并不讨厌月经。

至今为止，我和月经分过几次手。年轻时厌食症暴瘦的时候。几次怀孕期间。但月经总会回来找我，与我共度甘苦人生。因为月经我没少受罪，也遭遇了很多有趣的事情。

话归正题，我本月的月经，蔫了吧唧的。

我今年五十五岁，现在的月经不是真月经，而是补充过荷尔蒙剂后出现的假月经。这种真假的叫法，是我从村崎芙蓉子老师那儿听来的，现学现卖。我在一档叫作《男子禁入》的电视节目里认识了芙蓉子老师，马上迷上了她的人生活法。芙蓉子老师正在做荷尔蒙补充疗法，我也想试试，开始定期去银座的诊所开药。平时我在东京的时间很少，她也不是每天都坐诊，每次去都要煞费一番苦心。

对我来说，更年期完全不是病，简直好玩儿得要命。

女人一旦上了年纪，乱七八糟的就全来了，色斑皱纹白头发，各种神出鬼没的过敏症，身体里仿佛燃起一个大火炉似的潮热。

这和年轻时身体里发生各种莫名其妙的变化不一样，现在我是欧巴桑，镇定得很，面不改色，会冷静地观察自己的变化。观察一番后，得出结论，我还是我。进入更年期后，我蜕掉了一两层旧我，变得更棒了。

我年轻时，正逢母亲进入更年期，没少听她唠叨更年期好难受啊好难受啊。母亲怀孕时孕吐也很严重，生我时阵痛更是难耐，性事她也不喜欢。

我听着母亲的唠叨长大，本已做好了一切心理准备，实际上屁事没有。

芙蓉子老师告诉我，无论是更年期症状还是产后抑郁，都是荷尔蒙在作祟，谁都有可能经历。

话虽如此，就算我母亲是受荷尔蒙影响，但从作为女儿的我的角度看来，我母亲其实挺厌恶做女人的，觉得这些都是无可奈何的事，是手铐脚镣，是对女人的惩罚。所以无论是经血、她自己的肉体，还是从她肚子里出生的女儿我，在她眼里，可能都是累赘。

荷尔蒙补充疗法的第一步，芙蓉子老师先给我开了几个月的低剂量避孕药，连着服用三周，第四周上会来月经。虽然这是所谓的假月经，来的时候我还是很喜悦。

我根本没觉得月经难受或麻烦，来的时候简直像和老朋友重逢。更何况月经的势头啊，就和三十几岁时　样，哗哗猛。赤红的血好似夜空中绽放的辉煌烟花，运动会上随风飘扬的旗帜，完全是种喜庆。

这种状况持续了半年多。虽然我依旧觉得热，但好在大规模的潮热症状消失了。前不久老师说我可以换服闭经用的药物，给我开了新处方——每天服用的卵胞荷尔蒙，以及每月只服用十天的黄体酮。

呵呵呵，美人儿你"口嫌体正直"，对，就是这句话。我的身体立刻有了反应。

服用卵胞荷尔蒙时，并没有什么变化，换成黄体酮后，马上分泌物增多，湿答答的。几天后，仿佛听到了远方传来的战鼓，闻到了黄昏前隐约的雨气，要来了要来了，躁动之后，啊，那种熟悉的感觉！血滴了下来。

最开始，和之前低剂量避孕药带来的假月经感觉一样。这次不同的是，就算进入第二天、第三天，那种喜庆欢快的畅流并没有出现。更接近闭经之前的月经，清冷寂寥，静悄悄的。

说再见的一天终于要来了，这让我很伤感。

我很害怕自己以后老了，会变成一个孤居老人。很害怕。我看着我父亲的样子，我持有的一天二十四小时，也会同样分配给他，就觉得说不出的荒诞无情。

好在我和父亲不一样，等我老了，可以上网玩儿，可以发邮件，看 Twitter 和 Facebook，可以修剪植物，还能看漫画，不会像父亲那样苦苦忍受孤独寂寥的折磨。再说我身边有狗。父亲也有，他说狗虽然可爱，人照旧孤独。

我又发现一个老了以后想做的事，那就是数独。

事情的开端，是父亲玩的纵横填字。纵横字谜作者福永良子老师把她的书送给了我父亲。父亲原本干什么都是三分钟热度，这次却玩得津津有味。

我买了第二本寄过去，父亲却说第二本太难，出现了很多他不懂的新词。我这才恍悟，福永老师写的字谜，是"昭和时代[1]怀旧字谜"。

如果字谜不行，说不定数独可以，我买了书邮寄给父亲。父亲哀叹，根本不行，完全不知该从何解起。我就想，那我先解解试试？一旦开始，就入了迷。岂止入迷，我陷进去出不来了。进沼泽了。无法自拔。连续很多天，除了数独什么都没干。工作停滞，邮件不回，引发了四面八方的不满。晚上我把数独带到床上做，夫也有意见。

啊，我这人是容易沉溺的体质。干什么都是，陷进去就难脱身。

什么是数独？就是Sudoku，数字谜题。3×3的方格，横竖3×3排列，把1到9的数字填进方格里，一个数字只能使用一次。是不是觉得眼熟？对，就像小孩做的百格计算。我曾强迫着自家孩子做过这个，现在轮到我了，因果报应。

数学和算术原本都是我的弱项，我不会玩那种开动脑筋骗倒对方的游戏。扑克牌、将棋、围棋都

---

1 昭和时代，1926年至1989年。

不行。就连用扑克牌抽王八，我都受不了那种神经紧张的气氛。唯一拿手的是神经衰弱记忆游戏，年轻时从没输过。

仔细想一想，玩记忆游戏靠的是直觉和豁出去。做纵横字谜有种对话的感觉，所以父亲喜欢。数独和这两种都不一样，填进空格的数字有很多可能性，解数独，需要一个接一个地消除这种可能性，直觉和猜都不起作用，只有填进去正确答案。该怎么选，需要缜密思索，就像在伸手不见五指的黑暗中前行，除非用手摸索着找到可以安心下脚的地方，才能向前迈出一步。

我有一个女儿，活法就像数独游戏，和她父亲一样——那个从前玩记忆游戏时被我打得落花流水的人。这父女二人都擅长数独。依我看来，女儿活得很辛苦，但现在我能理解她了。就凭获得了这份理解，我就不算白白沉溺数独。我女儿，谨慎地审视着一切可能性，排除了不可靠的，再一步一个脚印地往前走。

我和女儿完全是两种人，我的活法是冲上去赌一把，推测，推测，再推测。直觉是我唯一的武器，靠的是豁出去、灵感一现，甚至是头脑发热。完全是记忆游戏的玩法，所以这么多年来，让我后悔的事也很多。

啊，如果我年轻时就解数独，根本不会写什么诗，做什么诗人，也不会搬到加州来吧。可能不会结婚，不会离婚，更不会和现在的夫走到一起，不会生孩子。如果真的这样，那我会活成什么样子呢？数独人生和记忆游戏人生，究竟哪个更开心、更顺畅？我也不知道。

我沉溺数独的生活，一直坚持到了再玩人生就要完蛋的地步。我这辈子一直是沉溺式的活法。因为沉溺，我也掌握了爬上岸的本事——只要重新选个沉溺之处，把贪执分散开就好了。所以我去了家附近的 Bookoff[1]（是的，加州也有 Bookoff），买了一大堆漫画书。现在一边着迷漫画一边做着数独，也顺便写出了这篇稿子。

1　日本主营二手书的连锁书店。

　　我从年轻时起，就把女人身份当作武器，勇
闯世界，浴血厮杀。话虽这么说，我走的不是那种
化妆扮性感的娇滴滴路数，也不是淑惠贤贞优雅派
的。我就是赤裸裸的我，不做伪饰。我性别女，就
算承担了女儿、妻子和母亲等社会责任，却不"美"，
也不"好"，身上没有一般价值观里认定的女性优
点，更像鬼子母[1]，或者山姥妖，并且一直没有放
弃写作。

　　前一段时间，我在青森这个对我来说完全是客
场的土地上开了一场朗读会。具体朗读内容，既有
我翻译的般若心经，也有我写给太宰治的信。信的
文体模仿了太宰软黏黏的女性口气，从我口中读出

1　原为婆罗门教中的恶神，专吃人间小孩，称之为"母夜叉"。被佛法
　教化后，成为专司护持儿童的护法神。

来，简直女翻了，甚至有了娇艳惆怅的味道，我早就知道会是这种效果。朗诵会结束后，一个与我同龄的男子对我说："你太有风情了，"他还追加一句，"毕竟，你都快六十岁了呀！"谁说的！我今年五十五，我告诉他。他没当回事儿，继续说"四舍五入就六十了呀"，"无论如何你真是风情绰约，哎呀，不得了"。

他在夸我。我估计，他在夸我吧。

那之后过了些日子，我一直在想这件事，有人觉得我"都快六十了"，"居然"还拥有"本来不该有"的风情。我想了很多。

我在慢慢老去，这是事实。我已经老了，这也是事实。这些事实，都连接着不安。六十岁这条境界线，对我来说像大地上的一条裂缝，黑洞洞地横陈在那里，让我慢慢明白，只要越过了这条线，该来的就要来了。

我跨越三十岁境界线时，正怀着孕，手里抱着一岁的女儿，忙得不可开交。跨越四十岁线时，也在怀孕，照样忙。过五十岁线时，满心好奇将要到来的更年期将会是什么样子，不知不觉间，光阴似箭，我已五十过半。

二十九岁时，我写过一首诗题为《杀了鹿乃子》。很长一段时间里我一直在朗诵这首诗。诗中写到我女儿鹿乃子六个月了，吃奶时咬裂了我的乳头。

我现在已经读不了这首诗了。所谓被咬裂的乳头，已经没有了，我必须杀死的女儿，也不见了。反倒是女儿们反扑过来要杀我。大女儿鹿乃子已经杀完了我，离开家，确立了她自己。我毫无招架地被鹿乃子杀死了。然而母亲是强韧的，会在绝地慢慢苏生，冒出新芽。鹿乃子遇到危机时，会呼叫着"妈妈"，向本已被杀干净的我求救。我不由得生出担心，给她寄钱，帮助杀过我的鹿乃子渡过难关。我们大体就是这么一种关系。

现在我已经不读这首诗。怀孕和生育的痛，我已经无法体会。如果是写老和死的诗，我能深深同感。写性的诗，我也能读。

啊，我明白了，违和感就是这么来的。

就是说，我认为自己在性上，还是现役选手。

我忘了在哪儿写过，到了我这个年龄，化妆会被人说是妖怪，不化妆会被说成是老太婆。当然这是自嘲。我见人之前一定会化妆，因为我还没完全做好精神准备，要彻底当一个老太婆。虽然在别人看来，我可能早就是老太婆了。啊，不是可能，是一定。

尽管我在性上还是现役，但对于找个新男人，建立一段新的男女关系，为维持这段关系去减肥，去打扮，让自己变得更精致，这些事我不会去做，根本不想做，也无须去做。就算克里斯蒂安·贝尔似的男人出现在我面前，我也不会动心，站旁边观赏一下就好了。

这就是我的现实体会，不光我一人，这是我与同龄友人共同做出的五十五岁的证言。

如果对方是熟人（夫），有时候也会和他上床。这个熟人年轻时也许像克里斯蒂安·贝尔那么帅，也可能这只是我的个人印象。无论如何，现在他就是一糟老头儿，除了我，没有其他女人愿意正眼看他。好在，正不正眼的根本无所谓，我们早已告别了生殖的年龄。即使告别了生殖的年龄，我们依旧上床做爱。性事能让一段关系保持圆滑安稳，而且实际做起来，也很享受。

这种生活能维持多久呢？就算有一天双方都不行了，想想办法总还是能享受到的。如果连办法都没有了，又该怎么办？嗯……

这一天究竟何时会来？那之后，我们的生活又会怎样呢？

　　我在青森看到了"龙飞崎"的路标之后，就一直哼唱着《津轻海峡·冬景色》。

　　我问青森本地人，这首是代表你们青森形象的歌吧。本地人回答我，对，但青森函馆联络船在二十年前就被废止了，而且，歌里的女主角不是青森人，而是从青森登船北上回家的北海道人。嗯，无所谓。我看见了龙飞崎的路标，这首歌就一直回旋在我脑子里。

　　其实三年前有一段时间我一直在听这首歌。这次我从青森回到熊本后，启动旧电脑翻找了一下。啊，找到了。我把歌刻成 CD，一边开车一边听。

　　但是，代表当地形象的歌，就像当地酿的啤酒，在当地喝是非常美味的，一旦换了环境和气候，再喝就不是那个味道了。熊本比青森温暖多了，没有雪，冬天到处盛开着杜鹃和山茶花，好在足够湿润。不管是以青森为舞台的歌，还是写静冈的歌，唱起来还有那个情境，能唱出歌里那份伤心。等我回到加利福尼亚，疾驰在高速公路上，就一点感情都唱不出来，因为加州的天太亮，海太蓝。

三年前的正月，我是在熊本度过的。前一年岁末我回国后，一直待在熊本。大晦日[1]夜里，我和父亲一起看了电视上的红白歌会。第二天元旦，我们围坐在母亲病床边吃了年菜。母亲那时身体已经很羸弱了，精神也不好，只呆呆地躺在那里。父亲耳背，母亲卧床，两人之间没有什么像样的对话。所以我坐到他们中间，给他们当翻译，兀自制造着热烈气氛，努力寻找愉快的话题，提高嗓门，一会儿找母亲说几句，一会儿对父亲说几句，夹些母亲能咽下的菜，喂给她吃，活跃得三头六臂。

我们说起前一天晚上的红白歌会，我说："最后压轴的一首是《冰川清的海军小调》哦。"母亲听到后，说："啊呀，我很想听啊，可惜了。"

很久没有听到母亲这么清晰地说话了，我找来

1　即阳历十二月三十一日。

《冰川清的海军小调》，灌进 iPod 里，放给母亲听。母亲一边听，一边掉了眼泪。既然这样，我又找了更多的歌，都装在那台旧电脑里。

那年春天，母亲死了。现在三年过去了。三年间，电脑换新了两次。

那一年的红白歌会上，石川小百合[1]唱了《跨越天城山》。原本我对演歌毫无兴趣，或者说不喜欢演歌，一直避开不听，对演歌歌手也不熟悉。这次却在红白歌会上看到一个女歌手登台，颇有往日美空云雀[2]式的成熟大气，不年轻，却很美丽动人。她声音幽怨而有力，边唱边摇动着身体，有些发音吐字颇有戾气和狠劲儿。她身穿和服，却岔开着双腿，沉着腰身，唱得掏心掏肺。她气场那么足，表演了一首震撼人心的歌。我被打动了。

我去 CD 店借来石川小百合的精选集，用电脑传进 iPod 里，放给母亲听。

看过歌词后我很吃了一惊，太色情了，几乎吓到了我。别看我表面上这样，内心其实很纯情的。

1　石川小百合（1958—　），日本演歌歌手，演员，主要代表作是《津轻海峡·冬景色》《跨越天城山》等。

2　美空云雀（1937—1989），日本昭和时代最有代表性的女歌手。

这首《跨越天城山》唱的是一对偷情男女，因为性事非常和谐，如漆似胶，无法分手，两人躲在深山温泉旅馆里昏天黑地地做爱，一次又一次达到高潮。

内容已经很色情，用演歌的歌词表达出来更是色欲满满。歌词俗套句子多，到处可见挑逗性的隐喻。这，真的好吗？这种歌真的能在公共场合里放吗？我心里七上八下。石川小百合是见过世面的职业歌手，有意志有定力，倘若换作一般人在卡拉OK里随随便便唱这歌，真的不会出问题吗？

我贪婪地听着，停不下来。

一个女人活到五十五岁，能从歌里听出很多会心之处，唱的不是他人事，完全是自己的心声，但是我不会说那种又软又嗲的"还是让我杀了你吧"。无论对对方，还是对我自己，我都会紧追不舍，一直逼到死角，根本不用商量，是肯定句式的"我要杀了你"！虽然没有真的动手。算了，过去的事不提了。

这张精选盘已有些年头，歌喉比我在红白歌会上听到的要年轻很多，听上去简直像我的女儿们要跨越天城山，要登上青函联络船，听得我胆战心惊。同时我也偷偷地猜测，我的女儿们还不成熟，什么"漫山燃起烈火"，估计她们还不明白真正的意思吧。

呵呵，我太懂得了，这是什么状态下的什么感觉，我一听便知，心里一清二楚。

附：

津轻海峡·冬景色

上野开出的夜行列车　抵达了终点
矗立在雪中的青森车站
要回北方的人群　都沉默无语
静静听着　海浪的呜咽
我跟随人群　独自登上联络船
看着汪洋上的寒鸥　落下了眼泪
啊　津轻海峡　寒冬景色

看啊　那就是最北的海角　龙飞崎
是谁指着身后说
我擦亮呼气朦胧的窗玻璃
只看见海上沉雾　遮去了来时路
再见　我的爱人　我要回去了
风声摇撼着我的胸口
似在催促我痛哭
啊　津轻海峡　寒冬景色

再见　我的爱人　我要回去了

风声摇撼着我的胸口

似在催促我痛哭

跨越天城山

别的女人的香气　掩藏不住

不知不觉间　已渗入你的身体

与其让你被人偷走

还是让我杀了你吧

隐秘的旅宿　凌乱的寝具

千回百转的山路　净莲瀑布

水雾飞升啊　摇曳着坠落

你肩膀的那一端　漫山燃起烈火

无论发生什么　我都认命了

我想和你　穿过烈烈火焰

跨越天城山

你一开口　便谈分手

玻璃碎片　至今深刺我心中

纵然两人在一起 依旧挡不住寒意

就算虚情假意，相拥也能暖身

山葵水泽 僻静小路　寒天桥　午夜阵雨

我好恨啊　我好恨　身体却不由自主

我爱的人啊　漫山都烧起来了

这样也好　没有了回头路

我想和你　穿过烈烈火焰

跨越天城山

奔涌的河水　虚幻的恋情

天城隧道　阵阵风起

我好恨啊 我好恨　身体却不由自主

我爱的人啊　漫山都烧起来了

这样也好　没有了回头路

火烧过来　铺天盖地

我想和你　穿过烈烈火焰

跨越天城山

樱花凋落
瘦骨嶙峋
化为尘土一场空

　　说说电影吧。我经常看电影。在加州过隐遁生活的话，娱乐享受也只有看电影了。再说我经常坐飞机，途中为了消磨时间，只能看电影。

　　前一阵子看了一部电影，我一直忘不了。片中的年轻女主角骨瘦如柴。

　　其实身材特别瘦的女演员我早就看惯了。或者说，年轻又美丽的女人，基本上都比我瘦。或者说，就连我自己，年轻时也比现在瘦，所以瘦女人并不会让我吃惊。但是，这位女演员超过了普通的瘦的范畴，瘦如一副骨架，像厌食症患者。她塌陷的脸颊，竹竿似的手臂和腿让我担心，一场电影看得我牵肠挂肚。

　　电影大结局时，这位女演员扮演的角色死了，死得身心破碎。她的表情，已经不是撼动人心，更像被鬼怪附体，堪称凄厉。作为一种艺术表现，效果超群。我边看边想，大概就是为了最后几分钟的镜头，才选了她做主演吧。之前的镜头光线太暗，也是为了掩盖她的过度消瘦吧。如果有人问我这是什么电影，我可能会回答，是厌食症的故事，但其实，根本不是这么回事。

关于厌食症，我和我女儿都得过。

我厌食的时候，痛苦得百转千回。因为是我自己厌食，所以看不到身外其他人的反应，只独自沉溺在自己的世界里。那会儿我还年轻，也有体力。

到了我女儿厌食，就算她们还没痛苦到血泪模糊的程度，但我看在眼里，比当年自己厌食时更加难受。看着瘦得没人样的女儿，我觉得无力，也觉得愤怒。当然还有身为母亲的自责。消瘦的女儿沉默无语，我能感知到，她在控诉她对母亲的愤怒。这种感知让我很痛苦，让我觉得，我的人格被摇撼、被质问、被彻底否定了。终究，无论我怎么感知，我都不是女儿，我束手无策，帮不上她。这让我心里充满了深深的哀恸。

所以电影里女演员的嶙峋瘦骨，她活在世上的苦涩和悲哀，都真切地击中了我。

前一段时间，我还看了一部瑞典的推理电影。一个演重要配角的女演员是个孕妇。怀孕和电影情节原本没有关系，就是说，可能是演员本人正好怀孕了，也可能是角色设定是孕妇，而相关情节在后期剪辑中被剪掉了，究竟怎么回事？我也搞不明白。

我年轻时看过一些瑞典电影，每一部都晦涩又沉重，那会儿我十几岁，打心眼里讨厌这种，我至今都记得，那会儿我觉得电影真是无聊。

但事隔五十年后（瞎数的），我看到的这部瑞典电影，不晦涩不沉重，有杀人案情，还有动作戏，和好莱坞拍的大路货差不多。但我想了想，觉得还是有区别，瑞典毕竟不是好莱坞。看着看着，我明白区别在哪里了。瑞典的演员们，都不美。男男女女都是普通人，有正常的衰老和疲惫，女演员们没有丝毫华丽炫目的美，完全不是安吉丽娜·朱莉或妮可·基德曼那种非现实偶像型的。男演员们也都是平凡相貌（所以夫抱怨，光看脸根本分不出谁是谁）。

瑞典。

据说，瑞典是实现了男女平等的国度。我很感动，就连在电影里也体现了这种平等啊，没有对相貌美丑和年龄老幼的区别歧视。我跟正和瑞典人谈恋爱的友人说起这事，友人大手一挥，"没这回事儿！瑞典和美国一样"。

厌食症今后会越来越多，会在人世间蔓延。总有一天人们会看惯的，到了那时，消瘦和肥胖都不再被另眼相看。如今的电影里经常有亚裔和非洲裔演员扮演着与肤色没有关联的角色，这已经成了常态。也许有一天，厌食症者也能出现在电影里，用骨瘦如柴的身体扮演与身体状况无关的角色，这种多样性是件多么好的事呀。他们频繁出现，得到世人的认知，症状不再被认知为症状——这一天真的会到来吗？真要是这样，那么深陷在厌食中的人，他们的亲人，也不会再痛苦烦恼了吧。

夫去伦敦了。两星期不在家。我在机场送走他那一瞬，表面上一脸平静，心里乐开了花。

我经常回日本，加州家里夫和女儿一起生活的日子比较多，夫就像条章鱼一样牢牢黏在家里（他的职业是画家，在家坐班）。难得有我和女儿两人生活的机会。

从机场回到家，我先打开冰箱，打算把冰箱里的东西都处理掉，接下来的两个星期在做饭上彻底偷懒。然后做了两个菜，对对，我确实打算偷懒，但做这两个菜，一是不想浪费冰箱里的食材，二是我自己想吃，平时不合夫的口味，一直没机会做。

一个是素炸豆角，用高汤甜酱油调味，放很多姜末，这是枝元奈保美的菜谱，只要是喜欢吃米饭和酱油口味的人，都会觉得这道菜好吃。但夫是吃土豆泥的人，不喜欢白米饭，讨厌酱油，吃过一次炸豆角后评论说不好吃，我就再没做过。

还有一个是欧芹泥。菠菜稍煮后挤去水分，摘一把欧芹，去掉梗，只要叶子，加上 1:1 的无糖酸奶和美乃滋，加大量胡椒粉和一点点盐，用食品加工机打成菜泥。夫拿这个配克力架饼干一起吃。配饼干不是我的口味，我喜欢把菜泥放到热腾腾的白米饭上，滴几滴酱油，大口大口吃，就像吃日本的白饭配海苔佃煮那样。

我为自己做，自己吃。这时，"吃"这种行为就非常愉快。

最初我和夫住到一起时，我照顾他的文化传统，做菜时尽量不用酱油，为他做了很多我自己没吃过的菜。现在我才不管那么多呢，我想吃米饭就吃米饭，想用酱油用酱油，就像一个当着老夫的面坦然放屁也面不改色的老妻。

现在不管我做什么饭，都会在饭桌上放一小碗白米饭，就像每日在佛坛前上供一样。不管什么菜都浇上酱油，用筷子吃。我每天都在拼命想，怎么才能不和夫吃同样的东西。我必须这么做，否则无论胃还是心都会撑不住。

夫不在家第一天，我对女儿提议，出去吃韩国海鲜锅吧。女儿说她想吃日本便当。这边的日本食材店里有卖唐扬鸡块和烤鱼之类的日本便当。对此我没意见。我买的鳄梨刚好放熟了，明天可以吃鳄梨饭。热气腾腾的米饭上放一个双面煎蛋，铺上鳄梨块，浇上柑橘醋一起吃。后天吃我心心念的韩国海鲜锅。大后天再去买便当。大大后天，鳄梨又快熟了。

　　可惜两个星期快如一眨眼，夫马上就要回来了。

　　啊，我很焦虑，该怎么充分利用这珍贵的两星期呢。我想做的事情还有很多，不光是吃的。我想一个人独占大床，怎么四仰八叉都随我心意。

　　毕竟这里是美国，夫妻二人要睡在同一张床上简直是要写进宪法的生活习惯（我开玩笑）。我的女朋友们对此都不满，因为有这种习惯，她们都很不情愿地和丈夫睡在同一张床上。

　　只要夫不在，床就是我一个人的。想怎么用就怎么用。睡不着，就爬起来走下床。醒了，能打开灯看书，根本不用在意身边人。平时夫不同意狗上床，总是让狗睡在床边的毛毯上，现在夫不在家，狗狗也兴高采烈地上了床。

还有电影。我可以找来克里斯蒂安·贝尔的电影一部接一部地看。因为我喜欢他啊。最近夫对此很嫉妒。这个冬天，电影院里放映《斗士》，夫明明可以不看的，可偏要跟着我去。看完后他伪善地批评：哎，贝尔这个演员终究只会一些表面上的演技，聪明倒是聪明，但是深度不够。借此攻击出轨中的妻子，呸，我哪里出轨了。

昨晚我看了一部电影，背景里轰响着英式迷幻摇滚，年轻的克里斯蒂安一会儿打飞机，一会儿和年轻的伊万·麦克格雷格上演《断背山》式的床戏。夫不在家，实在太好啦。

我在想，为什么连电影也必须和夫一起看呢。这个问题，与为什么要和夫一起吃饭，为什么要和他睡在同一张床上，为什么必须和他性交，是同一回事。我们两人口味不同，这是再明显不过的现实，为什么还在一起呢？这个现实让我越想越迷惑，甚至有了幻觉的味道。

夫去了伦敦还没回来。

不是我自吹自擂，我做饭很好吃的。我手快，手巧，愿意琢磨新做法。但是最近我开始觉得，我会做饭，是因为不得不做，不见得出自喜欢。如果不做也行的话，我可能根本不会做饭吧。类似的疑问一个接一个。

这个叫美国的国度是垃圾食品的大本营。加州和美国的其他地方相比，算是讲究饮食健康的地方，即便如此，也是甜食死甜，咸食油腻，快餐是日常生活的基本，薯条和苏打糖水无处不在。生活在这里，如果对一日三餐不用心的话，必然要发胖。我就是实例。

我吧，对美国的垃圾食品充满敌意和警惕，但是对日本的垃圾食品却完全举手投降，毫无防备。

比如日本的甜点类面包，还有即食炒面。我知道这些是碳水炸弹，所以忍着尽量少吃，如果能放心地去吃，那我可能一天到晚都会吃这些东西。

各种各样的甜点类面包吃过一圈后，活到五十五岁我终于找到了最爱吃的，那就是薄皮奶油包。

不对，等等。其实曾有一段时间，我对午餐包[1]异常倾心。就是那种类似三明治的东西，两片吐司中间夹着各种馅料（我喜欢甜的），四边压到一起，裁掉吐司的硬边。一袋里装着两个。无论吐司的柔软程度、颜色、形状、不带硬边的方便程度，都有极其强烈的工业制品感，我第一次见到时吓了一跳。一旦吃惯就觉得无比亲切，吃得停不下来，只要在商店里看见就会买，不然心中难安。有时我也会想，总是吃这种东西真的好吗，所以买来后会先放到冰箱里冷冻，冷冻室里塞得满满当当，每次解冻一个，一点一点地吃。用烤箱烤过后，别提多好吃了。

就在我吃厌了午餐包的时候，又邂逅了薄皮奶

---

1 午餐包和薄皮奶油包都是山崎面包的产品，售价非常便宜。

油包。就是那种小小的奶油面包，皮确实很薄。买来吃之前，我联想起的是薄皮豆馅小馒头的质感，实际上拿到手里，能感觉到里面的奶油沉甸甸的，外面的面包皮柔软细腻。只要见到我就会买，冰箱冷冻室里又塞得满满当当的。微波叮一下，别提多么好吃。

世上肯定有更昂贵的奶油包——每个都精工细作，热乎乎的，外面的面包皮烤得极其到位，散发着酵母香，蛋黄做的营养丰富的纯正卡仕达奶油酱黏稠细腻，势要冲破面包皮流淌到手指上，这梦幻中的奶油包。但是对我来说，这种不行。必须是得冒充面包的软面皮包着一团冒充卡仕达酱的软滑黄色奶油才行，只有这种甜得不得了的奶油包才是正义。

斩钉截铁地下句结论吧：贪执和有害度就像肥皂剧里难舍难分的情男情女，就像《爱染堂前桂树情》里那对怨侣……关于奶油包，我原本想满怀激情地多写几段，现在忽然觉得很空虚，算了，到此为止吧。

把话题扳回现实：南加州，夫不在家。等我察觉过来时，我的身体已经在日本食材店里，买了很多奶油包（遗憾，不是薄皮）。而且四天来的晚饭一直都是袋装炒面。不是加热水焖热的碗装即食面，也不是冷冻微波加热的那种，而是袋装的、需要自己用锅炒的那种，所以还称不上完全偷懒。每天晚上我都美滋滋地变着花样炒，最终做出了一种极致美味的即食炒面。

如果专业炒面馆子里的炒面才是真正炒面的话，那么即食炒面只能说是哄小孩儿的。就像真人电影 VS 动画片，但是动画片有动画片的好，有时候动画片更好看。

我的小女儿小留，一边夸今天的比昨天的好吃，建议我该这么做那么做，一边毫无怨言地连吃了四天炒面。无论我父亲、我，还是我的女儿们，性子都一样，一旦认准一件事，就会一直做下去，直到厌倦。这种热情、执着、贪恋或者说探求心，我死去的母亲就理解不了。我的前夫和现夫也理解不了。就像照顾我父亲生活的家政帮工，不理解我父亲的心一样。

来来，公布下极致美味即食炒面的做法。

1. 用平底锅把猪五花肉慢慢煎出油。

2. 加入切成大块的圆白菜一起炒，用同袋里的调味包调味。

3. 另外一个锅里烧开水，把面放进去煮两分钟（比袋上说明书指示的三分钟短一分钟）。

4. 捞出面，沥干净水，放进装有圆白菜猪肉的平底锅里。

5. 加两滴蚝油，面正中打入一个生蛋黄，快速搅拌开，装盘即食。

香妙轻白
细泡浮起
来干掉这杯啤酒

　　大家都问我啤酒上哪儿去了。我被奶油包和即食炒面勾去了魂，忘了啤酒这回事。

　　啤酒。曾经有一个时期，啤酒是我生活的重心。每天到了黄昏，我满脑子想的是啤酒，无论去哪里，都想着要去喝啤酒。

　　我其实酒量不大。如果和人一边聊天一边喝，再多也能喝下去，夏天在日本的时候，我能感觉到自己全身血液都是啤酒变的。但换成一个人喝，有时却连350毫升一罐也喝不完，不舍得扔掉，干脆把喝剩下的装进密闭容器里连着喝两天。年轻时我特别讨厌那些醉醺醺的诗人（我的同行）。我那时滴酒不沾，自从到了加州，遇到了啤酒，就迷恋上了。

　　我的啤酒梦特别单纯：

寻找好喝的啤酒。

英国的淡色艾尔,我喜欢。比利时艾尔香爽又不复杂得过分,也喜欢。就像说话有口音一样,带着不同口音的德国各地的啤酒,酸爽清口的小麦啤酒,苍白透明的捷克皮尔森啤酒,我都喜欢。唯独美国乡村里常见的仿佛挽起袖子争相攀比苦劲儿的啤酒,我喜欢不起来,实在太苦涩了。

找到好喝的啤酒后,用自己的语言来表达滋味。

葡萄酒有 body 和 nose 等既定术语,啤酒也有一定的专用词汇。但我不想用那些行话,我想用自己的话表达感动。比如下面这样的:

仿佛将带着柠檬和胡椒香气的烤鸡、新鲜玉米煮成的浓汤、芥末沙司青菜沙拉、醇苦而香甜的布朗尼巧克力蛋糕都统统融合到了一起的森美尔·史密斯。

厚泥沼泽里投入香辛料和各种香草后慢慢煮出来的比利时修道院奥瓦。

胖乎乎的芭蕾舞演员在平衡木上试探着迈出小步的内华达山脉。

被阳光照耀得暖洋洋的熟透草莓上浇上绵软

欲滴新鲜奶油泡的宝汀顿。

煮到浓缩香醇的绝佳麦茶里继续加入大麦芽的纽卡索棕色艾尔。

有一次，我在柏林和朋友们喝啤酒。那时我正在旅行途中，柏林的下一站要去伦敦，我打算在伦敦的小酒馆里痛饮淡色艾尔，和德国的朋友们说起这事，朋友便说："比吕美啊，你们日本人洗碗时，先在洗碗布上加洗洁精，对吧？在我们德国，是把所有碗都泡到水里，往水里加洗洁精，多泡一会儿脏碗，没办法，谁让德国菜油腻呢。"

我以为他在说做家务，就点着头听他继续往下说，哪知他话头一转：

"在德国人眼里，英国的艾尔，就和洗碗水差不多。"

我爆笑，德国人对英国艾尔有什么怨恨。再一细想，我刚才对代表英国啤酒的森美尔·史密斯的描写，和这个洗碗水的说法，差不多是同一回事。

从前，我得抑郁症离死还差一步的时候，听从印度回来的主治医生的建议，尝试过饮尿疗法。我心里虽然强烈抵触，但还是遵医嘱，老老实实地坚持服用了每天早晨的第一泡。刚接好的那玩意儿有着诡异温热，腥臭，但颜色很漂亮，与其说是黄色，更像是包容了一切的明亮褐色……为什么说这个呢，刚才我忘说了，第一次喝英国艾尔（森美尔·史密斯）时，一下子闪电般地回想起了这个。

说到喝啤酒，我有一个不满的地方。那就是在美国和日本喝啤酒时都用那种上下一样粗的大号厚玻璃杯，毫无风情。何况，还要拿比萨饼和唐扬鸡块下酒，气氛闹哄哄的。我是欧巴桑，不喜欢这种。

我一点都不想攥着那种陋俗容器（都不配称为玻璃杯）把啤酒往嘴里倒。比萨饼和唐扬鸡块如果是做给小孩子吃也就算了，我可不想在外面点这些东西。那种你不大声叫人、跑堂的就不过来招呼你的馆子，我年轻时候没少去，现在不再想去了。

即便是欧巴桑也好，我想化个妆，穿着漂亮衣服，去那种有正经侍者的餐馆，举起细巧的高脚玻璃酒杯，观赏酒的颜色，轻轻摇晃杯子让酒香散发出来，细细品味。再配上大厨精心细作、造型鲜亮的菜肴。这样的酒与菜，才堪称梦幻良缘（叹息）。然而现实是，这种餐馆几乎难以找到。

现在和往昔
都在梅雨天空里

二女儿大学毕业了，学校要举行毕业典礼。美国的大学毕业仪式堪称人生一大庆典，更何况二女儿中途打过好多次退堂鼓，花了七年时间终于毕业了，实在值得庆祝。

于是我们全家，我和夫、小女儿小留、二女儿的男朋友——用现在日本的流行说法叫作"彼氏"，总之是个妙龄男子，我们坐上同一辆车，开了八百公里，去参加毕业典礼。

二女儿大学所在的城市，大女儿大学毕业后也住在那里，现在姐妹两人住在一起。到了两个女儿的公寓一看，没想到，大女儿还叫来了她的男朋友。

我去了女儿的大学，参加了毕业典礼，和女儿们一起逛街购物，和女儿的男朋友们一起吃了饭，聊天，欢笑，我愉快极了。

真的，特别愉快！就算把去迪士尼乐园玩和巴黎观光都加到一起，也没有这么愉快。

一次家庭聚会之所以让我如此开心，大概是因为我老了，感受力钝化了。能与家庭团聚媲美的，只有泡温泉了。泡温泉啊，说起来好弱的。

这几年来，或者说这十几年来，家庭方面的各种问题一直纠缠着我，让我费尽辛劳。男人、孩子和父母，没一个能省心的。父母方面，当然是老年护理问题。母亲病死，父亲年迈体衰，都是沉重黯淡又孤独的事。但这次二女儿没有落第，没有退学，正式毕业了，就好比说到一对男女，他们没有离婚，没有别离，依然处在情浓热恋期里。

先虐后爽，剧情大逆转，对对，就是这么回事。人生啊，有苦涩就有甜蜜。

细说起来，至今我拥有过几个家庭（出于人生的诸般原因），无论在哪个家庭里，我都没能平平稳稳，沉下心来生活过。

过去我为自己"粗野、懒散和随意马虎"而自豪，说过"比起孩子，自己最重要"的豪言壮语，等到女儿们进入青春期，事情变得乱七八糟、难以控制后，我改变了想法。我现在觉得，家人至上，一切事情他们优先。话虽这么说，也许因为我有改不了的天性，还有各种不可控的原因，所以别人，也许连我的家人也认为，至今我并没有做到家人优先。然而至少在我心里，家人排在最前面，这是我的真心话。

如此说来，我母亲也是一个以家庭为重的人，如果母亲还活着，这么大个家庭庆典，外孙女们都在，外孙女的男朋友们也来了，热热闹闹的，一定比泡了一百次温泉还要开心吧。

母亲最后一段日子是躺在医院病床上度过的。她的关心和兴趣越来越窄，明白的事情越来越少，最后剩下的心思，都在家人身上。最初，她一直在说女儿和外孙女的事。然后，说起了她的幼年时代和父母亲人。最后几个月，母亲一直在说祖父祖母（四十年前去世的）、叔父（六十五年前死去的）、姨妈和伯母的事，一直到她死去。

另一方面，我父亲（还活着）也一样，感兴趣的事情越来越窄，明白的事情越来越少，现在只愿意想他自己喜欢的事，即棒球、相扑和古装剧。我想，这些都是他小时候喜欢过的东西吧。家人对他来说无所谓，怎么都行。他的女儿（我），不知从何时起，在他眼中变成了他妈，他有时还会向我撒娇。外孙女们对他来说太遥远了，过得好不好都无所谓。面对几个外孙女，他经常叫错，嘴里呼唤的是我的名字。

至于夫，他在家工作，是个画画的，与人打交道的机会不多。随着逐年变老，他越来越远离社会，感兴趣的事情越来越窄，只坚定地守着他自己的时间和他自己的生活。友人也渐少，性格越发顽固无情，世间把这种人叫作湿抹布。哎呀失礼了，改成濡湿的落叶吧。

男人们啊，都那么相似。

他们盘踞在一家的正中间，号称担起了全家重任，虽然爱着家人，却不能像我和母亲那样，全心全意为家人做出奉献。他们做不好精神准备——自己的人生将要被家庭生活这种烦冗延续的日常搅乱。在他们看来，根本没有必要做这种精神准备。

所以父亲老了，忘记了家人，全心沉溺进棒球、相扑和古装剧里，一个人孤独地打发着时间。

夫在家里沉溺于工作，湿抹布在原地干硬了，变得臭烘烘的。其实原本可以展开来晾晒的，无奈在他看来，改变价值观是件麻烦事，他不情愿。于是就被抛在一边了。

抬头仰望越来越蓬松的夏日胖云

我现在在日本。随时能买到薄皮奶油包。好吃。美味。特幸福。奶油包让我想起，我胖了。

不是不是，我没有怪罪薄皮奶油包。是我的年龄、卡路里过剩和运动量太少导致的。嗯，原因在我。我想对自己说："为了胖成现在这样子，你吃了无数好吃的，有什么可埋怨的？"但又心有不甘。

我胖了。夏天一来，胖就暴露无遗，我原来就在一点一点地变胖，现在胖得尤其过分。等我有所察觉，才发现胳膊、大腿、肚子和脸都肥鼓鼓的，回不去了。

我移居美国已有十五年。美国是什么饮食习惯，大家都知道。我家的炊事员是我，所以比一般美国家庭好一点，但还是受影响。只要出去吃饭，端上来的分量简直是喂牛马牲口的。巨量，且油分大。在这之上，我还喜欢美国的甜食。很多人都嫌弃美国甜食甜得太过分，很奇怪，我吃起来根本停不住，多好吃啊?!

热乎乎的苹果派上浇上满满的冰激凌，到底是热的还是甜的还是冷的还是油腻的，我完全糊涂了，在混乱中忘却了自我。刚炸好的甜甜圈，好比油脂和砂糖做成的云彩。肉桂卷恰似母亲的乳房（我不依恋这种东西，应该改成我自己的乳房?），暄腾又蓬松，再浇上仿佛母乳煮到浓白的巨甜奶油。巧克力布朗尼很有咬头，吃着吃着便遇到一种叫作巧克力的魔物，黏稠柔腻地扑过来缠住你。和这些相比，薄皮奶油包简直是咸味的好不好。

家狗还年轻的时候，我每天的散步量很可观。如今狗老了，不愿意出去了。前一段时间我迷上了园艺，天天忙着换盆什么的，一会站起来，一会蹲下去，多次重复。迷到极致后掌握了窍门，现在进行得有条不紊，不再那么忙乱了，稍稍照看一下就足够，就是说，不再做深蹲运动了。

所以，等我察觉时，已经胖成了现在这样。

我的每一天除了遛狗、买菜和做饭之外，其他时间一直坐在电脑前。不用说，无胸罩，不化妆，喜欢那种松松垮垮、根本谈不上有腰围的内裤和外裤。

我们在加利福尼亚不管去哪里都开车。美国人不讲究穿，也不在意他人眼光。自然而然地我也被同化了，完全没有费心思打扮自己的机会，穿一身邋里邋遢、皱巴巴的衣服哪里都能去。周围人人都胖，都在为我打掩护，以至于我觉得，我莫非启动了野生直觉才发现了自己的胖？就我现在这身材，不时还有人说我"你很瘦啊"。你再说一遍？我怀疑自己的耳朵。而且对方不是假客气，是真心这么觉得。啊，这种时候我就想，要是能永远住在这里就好了。

可惜，我需要经常回日本，需要去东京，需要在东京见人谈事，有时还得上电视做节目，暴露在众人目光之下。日本几乎人人都苗条，都化着精致的妆，穿着高价衣服。在很多人眼里（我估计）我不仅是一个胖子，还邋里邋遢不讲究。

在东京遇到的人中，有人问我"胖了吧"，这让我不舒服，让我觉得这种提问是一种俯视视线，也是力的较量。我当然是劣势的那一方。我只好笑着回答，哈哈哈是的。如果被人俯视就能瘦的话，那我可以忍。然而这种提问只让我心烦，根本不减体重，所以我不想见人。又不得不见，因为我要工作。每次我不情愿地去东京时，都会为这些事烦恼。

我和女儿说了这种心情。女儿说我："妈，小孩和大人的体型本来就是不一样的呀。"

"小孩体型确实很可爱，换到大人身上就很奇怪。妈，欧巴桑体型就挺好的，有什么可烦的呢？"

我就是很烦恼啊，很奇怪吗？因为很多人都很苗条啊，我羡慕死了啊——我想立刻这么反驳。但慢慢地，我想通了女儿的话。就是说，我被世上的偏见迷惑了，认为只有苗条的、年轻的才是美的。

我今年五十五岁。五十五岁的肉体哪里不好嘛。我明白了！我发现了！我找到了！ eureka[1]！eureka！我想这么高呼着，在每条街道上痛快地裸奔。

1　意为"明白了""找到了"。据说是阿基米德在发现测量金子纯度方法时发出的欢呼声。

一起流汗
肌肉、皮肉
和肥肉

十几年前，我曾和夫一起去过一段时间的健身房，主要是使用跑步机，以及锻炼肌肉。教练 T 是一个与我同年代的男子，T 对我说，如果现在不健身，将来一定会满身松懈肥肉，我照他说的练了三头肌、二头肌和腹肌。我龇牙咧嘴叫唤着健身的时候，夫在我旁边一声不吭地举着杠铃，踩着单车机。

那次健身持续了一年多，我没再练下去。因为那时我又痴迷上了园艺，每天忙着给绿植换盆、剪摘枯叶什么的，哪里用得着去健身房练习深蹲，我做出判断，自己在家换盆时抱着花盆站起来、蹲下去，不就足够了嘛。

当时我四十九岁，那时候我就到处嚷嚷自己已经不年轻了，现在想想，那都是自以为是的傻话。

那时的我还不知道什么是真正的老去，什么是体力衰减。现在我倒是明白得一清二楚，揪一把胳膊和肚子上的肉，这些就是实证。

几个月前，我又开始去健身房了。夫倒是十几年一直在坚持健身。通过健身他瘦了吗，体型变优美了吗？并没有。但是相比之下，完全没有健身的我，真的长出了一身不忍直视的肥肉。

重新开始健身的门槛太高了。我一点都不想重新开始，十几年后要与 T 氏在健身房里重逢，光是想象一下他会说什么，都觉得这事很麻烦。

我在前面写过了。我胖了。现在我整日穿着肥肥大大的裤子，套一件没有腰身的上衣，想隐藏肉体，不愿意穿紧绷在身上的衣服。如果去健身的话，宽大衣服肯定不行吧，我只能换上方便活动的 T 恤和紧贴身体的长裤，在 T 面前暴露我的一身肥肉。我为此很烦恼，犹豫着要不要去。唉，看来我身上还残留着一个傲娇幼稚的初中生似的自我。

我烦恼着，不知不觉预约好的健身第一日到来了。这种时候我发现变成欧巴桑还是有好处的——无论事前多么纠结犹豫，一旦该上场了，马上就能变得很干脆，目不斜视地往前走。

重新开始健身后我才知道，T 教练，这十几年里也长了岁数。

他的身体变松了，有赘肉了。他是干这行的，靠这个吃饭，当然不会像我这么胖。怎么说呢，他那身看上去还很强健的肌肉表面，有了一层多余的东西。并不是一层脂肪，更像是水分。也许这一层，就是老。

他的面部也松弛了。毕竟他是男人，光注重身体肌肉的变化了，顾不上脸，还有他的头顶毛发稀疏了很多。看来大家都老了。细说起来我身上的变化也差不多。所有人，所有人，都会变老啊。

现在我每周健身两次，一次一小时，内容和十几年前的基本相同。先做深蹲，然后用屁股往墙上顶一个大球，做上下伸展。和给植物换盆一样，我全身的肌肉都在咯吱作响。

接下来是躺在垫子上，双膝夹住一个小球，做锻炼骨盆肌肉的凯格尔运动。这个我以前在孕妇学校里学过，在有氧健身操里也没少做。与那时相比，我现在做得认真多了。毕竟，从浴盆里站起身时下身会不由自主地漏水的年代早已离我远去了，我现在只要咳嗽，就要直面漏尿和崩屁的悲惨现实。等我再老下去，肯定有一天会漏屎，所以我现在得锻炼骨盆肌肉。

接下来是用拉力绳锻炼后背肌肉，手拿哑铃做开胸动作锻炼胸肌。仰卧起坐，俯卧撑，拉伸背部。抱着哑铃上下练习二头肌，伸展到颈后锻炼三头肌。只要我练下去，就能回到十几年前初见T时的状态。我现在才知道，无论我给植物换多少次盆，都不可能锻炼到这么多部位的肌肉，所以我一边后悔一边认真地练习。与其说是健身，实际上我是受虐狂，T是施虐癖，他在拷打，我在受刑。

我去的健身房在一座大楼里，里面聚集了各种健身教室。隔壁在上拳击课，一个老到你会不假思索地冲上去问他是否需要帮忙的老年男子正和一个胖女人互殴。对面的房间是瑜伽教室。瑜伽隔壁是普拉提。不时能看见走路颤颤巍巍的老太太从教室里出来，别看腿脚都不利索了，身上都穿着正正经经的健身服。

就这样，我坚持健身已经几个月了，但体重一点都没有减。我对T抱怨，T一点都不客气，直截了当地指出"不减少饭量就甭想瘦"，把我推到了绝望的深渊边缘。

越写

酷暑

墨迹中越来越浓重的

　　我在教女儿小留写汉字。她这种平时不用汉字的孩子写不好字，尤其写不好撇和捺，比如"校"和"放"，无论是撇还是捺，都写得颤颤巍巍的，不成体统。我想着，如果用毛笔练习撇和捺，可能会有帮助吧，就找出了书法用品，结果倒是我自己重燃了书法热。现在我家餐桌上一直放着砚台和毛笔，每次不收拾连餐盘都没地方摆。

　　几年前，我看了一本叫作《铃里高校书道部》的漫画书，迷上了书法，热衷了一阵子，燃烧完了，自然凉了下来。

　　说到书法，我其实从小就在练，小学一年级至初中一年级上过习字教室。只要给我笔，我就能写出一幅字。最开始是笔致斜向右上的"好孩子"的字。初一时不再去习字教室了，整个初中时代都在模仿我父亲的笔致撇向右下的怪癖字体。上到高中后成了圆字。我一心想创造出一种自己的字体。与其说是独创字，不如说，是创造出我自己。

　　高中和大学的社团活动我都选择了书道，但一直不怎么认真。后来我成了诗人，写过大量字（虽然都是诗）。如果是钢笔字，虽然不是"美子的美型钢笔字"那种漂亮字，但我有自己的风格。稍圆，随意懒散，亲切，豪放，磊落，知性中还有可爱，这就是我的字（自吹）。但是如果用毛笔写，我就只会写小时候学过的"好孩子"字体。

　　看过漫画后，我又捡起了书法练习，想写出充满自己个性的字。同时也决定，以前习字时最讨厌的事，现在坚决不去做，比如研墨，所以现在一直在买现成的墨汁；比如小里小气的半纸[1]，现在我用大纸，想怎么写就怎么写。小时候我讨厌研墨，也讨厌半纸，每次为了不写出格都要小心翼翼，对我来说，这些一点也不快乐。

　　这边的日本食材店里能买到廉价墨汁，毛笔是我回日本时在书法用品商店里买的。我还找到一

1　33×24厘米尺寸的书法用纸。

种特别合适的练习纸，是买餐具时附带的防碎包装纸，吸墨程度恰到好处。尺寸大约 20×30 英寸，即 50×76 厘米，我攒了好多（也买了餐具）。

我照着练习的字帖，无非是空海墨迹和王羲之字帖什么的，其实我的性格不适合临帖写字。学生时代里老师一直教我们临帖，那会儿我临着临着，觉得很无聊，中途有几次扔掉毛笔不愿意再写了。现在我已是成年人，只想用自己喜欢的方法练习，所以决定不写那种一笔一画的端正楷体。写楷体时每一笔都充满了紧张感，我小时候一直觉得受不了。

现在没有书法老师管着我，身边只有家人，他们都不懂书法，最多知道我在用毛笔写字。现在我这种随心所欲地练习和书写，说起来真是无政府主义，自由无秩序，就像更年期狂潮飙过之后的家庭。或者说，像家庭中的我自己。

夫见我热衷习字，在我生日时送了我一箱草纸，就是家庭用品商店买餐具时白送的那种纸。箱子之巨大，能装进一整条大马哈鱼。我打开箱子，发现里面除了纸还是纸，简直惊呆了，得有几千张吧。我给夫展示了一下喜悦，但是生日一年只有一次，我想要的生日礼物多了去了！草纸？算了，这事说出来我自己都不好意思。

练了一阵子，我发现自己走到了极限。以前我以为，我没有自己的字体，我错了，怎么可能没有呢？成年后我没有正经练字，一直未能察觉而已。我当然有自己的字体，而且面目可憎。

都说一个人的字体是其人格的外现，真是这样吗？比起真正的我，我写的字看上去更烦冗，更执拗，得意扬扬，却依旧停留在框架里，并没有走出来。我的字里有种沾沾自喜，一撇一捺挥洒得忘乎所以，然而真到关键时刻，却缺乏耐心和镇定。

过去我出版过一本书，名为《女人的绝望》，封面标题是我自己写的。为此我写了几十张半纸，一张上两个字。至今有一张还留着，没有扔掉，就贴在熊本父母家中的墙壁上。一打开家门，走进玄关，两个大字迎面扑来："绝望"，令人毛骨悚然。

三年过去了，夫送给我的纸完全不见减少，就好像古利和古拉[1]怎么吃也不见减少的蛋糕。现在我用整张餐桌铺开纸，用尽全身力气，随心所欲地

---

1 古利和古拉，日本家喻户晓的儿童绘本里的主人公。

写各种风格的字，无论是空海体还是王羲之体，都写得狂放淋漓。无论我怎么写，身上和手上却不见被墨染脏。小时候我从习字教室回家，母亲总是说我："看你这一身墨脏，真不知道你是去写字了，还是玩羽子板输了让人在脸上画了道道。"现在不一样了，每次我练完字都会想，成年人真了不起。这么想着，再看自己怒书出来的大字，"风"写出了热风的气势，"云"字像积雨云，执拗又喧闹，字里行间浮现着过剩的自我意识。

这几天我埋头忙着园艺。我家门前有一个小花园，胡椒树和鹤望兰长势苗壮，两种的空隙间还盛开着金莲花，最开始我觉得金莲花颜色美丽，还很高兴，渐渐地，这花开始肆无忌惮地扩展蔓延，快要压过其他绿植，幸好花季过后就枯萎了。几天前我把金莲花连根拔了，正在庆幸的时候，今天看见拔干净的地面上又冒出了让人怜爱的新芽。哼，这东西居然扮起了小可爱，总有一天要将其斩草除根，我咬着嘴唇暗想。话题一转，来说说遗言的事。

美国这地方什么东西都要理清楚，或者凭借自己的清醒意志，或者委托律师来办，总之事情落实了才安心，何况是遗言这种人生大事，所以就连根本留不下财产的夫，也细致地写了遗言。我不知道具体内容，说不定是"脏裤全部留给比吕美"。

夫不停催促我说：我们到这个年纪了，难以预料明天将会发生什么，死后不能给后人留下灾殃，所以我也该写下遗言。

　　他说得有道理。我母亲的后事就非常麻烦。我父亲活得随意马虎，没有在政府登记印章。我倒是登记过，但移居美国之后，我不再是日本的常住人口，印章证明就作废了。啊，光回想一下都头昏脑涨，当时我要办的手续、花费的时间，都远远超过住在日本的普通日本居民。

　　不光是手续上的事，母亲死后，父亲整个人萎掉了，什么都做不了，也不想做，万事都交付给了我，没办法只能是我上。其实如果父亲自己去办，那些手续当场就能办好。而我只有四处奔走，向别人解释我父亲走不了路、写不了字、理解不了手续内容，为他处理了各种事。啊，现在光回想一下都头昏脑涨。以下文字略，同上段。

　　比起母亲的后事，我的现状更加复杂。我有房产，有人寿保险（过去有朋友是推销保险的，我抹不过情面），而且几个女儿都不属于日本的常住人口，不太会说日语，诸如"户籍誊本、印鉴证明"等要命的难词，她们都不会读，更不懂字意。

尽管如此，估计她们不会被难倒的。大女儿有责任感，二女儿细致耐心，小女儿懂得依靠姐姐们。三人都比我更有实战能力，一定能把我的遗产完美地三等分，就像她们小时候分糖果和漫画一样。而我能为她们做的，就是把事情交代得简洁易懂。

遗言文件名是"鹿乃子沙罗子还有小留，剩下的就拜托你们了"。

首先是友人名单。死后需办的手续一览。个人信息一览。重要证件放在何处。各种网址入口。各种网上 ID 和密码，确认用的提问和答案。怎么申请户籍誊本和署名公证。

但是我写着写着，觉得事情还是解决不了。还有什么没交代的？都交代了。我只是觉得，今后鹿乃子沙罗子和小留，一定会为我的事情受尽麻烦。

还有我的书。不是我写的书，而是我读过的书。书里充满了我购买时的憧憬和读时的感受，我不希望这些书被随意扔掉。尽管在别人眼里看来，就是一堆旧书而已，我给女儿们留下指示，书籍都赠送给友人甲。

还有我父亲。我至今承担着照顾父亲的责任。如果我死了，我女儿们会照样乐呵呵的。我父亲可不行，我不能死在父亲前面，但明天会发生什么谁也无法预料，我只能把父亲的心愿经常挂在嘴边，传达给我的家人，父亲不要做任何人工延命治疗，不举行葬礼，不要佛教戒名，遗骨和祖母一样散在太平洋里。

至于我自己，我坚决不做人工延命治疗，同意捐献身体器官做移植。

这么一通做下来，我才知道，整理一个人的死是一件庞大的事，没有简单路径可走。越写我越觉得，死在脱离现实，变得十分虚幻。也许对于活着的人来说，死是一种终极梦幻。于是我有一个极致建议，那就是"认了吧，麻烦就麻烦吧"。

最后我想交代，我不要葬礼，鸟葬的话可以考虑。

我正想着这些事情，二女儿沙罗子回家小住了一阵子。

我告诉她，遗言已经写好了，我死后去电脑里找就行。她回答我，已经听鹿乃子说了。鹿乃子告诉她："妈留下遗言，院子里坚决不能种金莲花。"

好吧。回想一下，我确实说过这话。

恰恰 曼波 尊巴
恰恰 探戈 桑巴
恰 伦巴
恰

我一旦迷上什么就会猛扎进去，所以现在我脑子里只有健身操。

今年夏天日本热得出奇。衣服变轻薄后，肥肉就藏不住了。心烦。

回到加州后我下定决心，火速在家附近报了一个健身操班，一下子缴足了一年会费，把自己逼进死角，就算想犯懒也会因为心疼钱而不得不去。原本我已经在和夫一起健身，每星期去两次健身房，但是一点都没瘦下来，身上照样有那么多晃晃悠悠的肥肉。就算我想打退堂鼓，可是一想健身房是我和夫为数不多的交流场地，就打算继续练下去。我最近下定了决心，要去练健美操。

我以前练过健美操，大概是三十五岁那会儿。那时我是重度抑郁症患者，每日浑浑噩噩，分不清

75

自己是死了还是活着，为了找到活下去的理由做了很多事情，健美操是其中之一，玩命地练了好几年。现在，我想把健美操再次捡起来。

没想到，现在加州早就不流行健美操了，取而代之的是尊巴。

从前有个尊巴、桑巴、伦巴三姐妹，还有大哥叫曼波，弟弟叫探戈——看见"尊巴"这名字，我就想信口胡编个故事。其实尊巴是一种跟着拉丁音乐一起扭动腰腹的健身舞。

尊巴现在特别热门，教室里人头涌动，好似无数芋头在水桶里沉浮，根本看不清老师的示范动作，就算看见了，老师动作特别快，我跟不上，手和脚都不知道该怎么动。我目前的状态是，先晃悠着身体动起来。

按说尊巴和健美操动作差不多，但腰腹部一直在回旋扭动，还有挺起肚子摇晃的动作。究竟该怎么摇，才能晃动大块脂肪的表面部分？我根本想不明白。还有些动作需要低头向下，一做到这里，我马上就能感觉到嘴周围的什么东西在虚悠悠地抖动。现在我写着"嘴周围的什么东西"，其实我马上就明白了，那是我脸颊上松垂下来的肉在颤悠。

我早就知道自己的面部失去了弹性，没想到松弛到了这种程度。

这个健美操教室里跳尊巴的学生，相当一部分是高龄老年人，一眼望去，大多是六七十岁的，甚至有八九十岁的人。大家都穿着专用练功服，不管能做出什么动作（跟不上动作的人大有人在），但都坚持活动一个小时，出很多汗，非常了不起。

我知道的日本老人，无论是我母亲还是姨妈，以及其他人，一过了七十岁，就歇了声息，活动不起来了。日本人和美国人对"年迈"的定义非常不同。只要我一直住在加州，就会以这边的方式年迈下去吧。

总之，我先尝试了各种教室。早晨六点就去，九点的也去，还有十一点的（有夜间教室，但我要做晚饭，去不了）。运动胸衣一穿就是一天，汗湿后很黏腻难受。尝试过一遍后的结论是，尊巴太快，普拉提太慢，瑜伽迟缓到心烦，踏板操不能离开踏板，感觉不自由。时隔二十几年我捡起健美操，跟着拉丁音乐自由随意地跳过尊巴之后，才惊讶地知道尊巴很不简单，运动量相当大。

我喜欢一种叫作"身体和韵律"的课程。

这个课程活动量不算大，动作和音乐都比较放松。学生们大多与我同年龄，体形和体力相仿。就连老师也是肥胖体形，让人担心是否体重过量。主要舞步是跟着当下最流行的歌，重复一些简单的腿部动作。有时还会播放学员们青春时代流行的曲子，播放到猫王时，七十多岁的兴奋地尖叫出声。播放扭扭舞时，六十多岁的立刻活跃起来。迈克尔·杰克逊响起来时，五十多岁的傲视全场。

与连跟上教练的动作都要拼死拼活的尊巴和有氧操相比，这个课程最好的地方是动作比较缓慢，可以根据自己的状况活动身体，就是说，可以跟着音乐，张扬和表现自我。

至今为止我一直是室内派的文化系人，一天时间基本上是在书桌前度过的，所以变成了一个全身松弛的胖子。现在我以肥胖为动力，一下子站起身来，想舞动，想奔跑。我花了这么多时间，好不容易才培养出自己的个性，如果可能，我想守住。

这个身体和韵律的健身课，做起来非常舒服，可以随着自己的心意活动身体。这几天在舞步里加上了类似拳击的动作，学生们一起出拳时，教练用低沉的声音加油吆喝：出拳！打乔治！汤姆！揍凯文！啊，爽死了。我与挥拳击打着乔治和凯文的女人们，团结成了一条心。

垂乳之母的胸罩和塑身衣

酷热难耐

前一段时间，我从妇科医生那里听到一句非常恐怖的话——女人进入更年期后，新陈代谢减弱，与年轻时相比，每天只需要摄取一点点热量便已足够，多余热量会变成肥肉。等更年期完全过去之后，也有可能瘦回原形。

前几天，我与表弟夫妇重聚。说起这件事，姨妈在旁插话说："就是这样，人啊活到八十岁后都会瘦的，你看我以前多胖，现在瘦成了这副样子。"

确实，姨妈年轻时很胖。她和我母亲的聊天话题，永远离不开减肥。她马上要八十岁了，确实瘦了很多，但是年龄也增长了，现在腿脚虚弱到不能散步，无法出门买东西。我的确想瘦，但等不到八十岁。

母亲和姨妈情况类似，自从在医院躺倒之后，便眼看着一天天消瘦下去，最后连下颌都瘦没了，假牙都不合适了。

接着说妇科医生的恐怖言论，女人过了更年期后，身体各部位将变得干燥。皮肤，黏膜，身体表面，身体内部，脸颊，四肢，阴道，都会缺乏水分。至于性事，开始还能用润滑剂舒缓一下，最终连润滑剂也将无济于事。

关于更年期后的身体变化，我以前多多少少知道一点，但没想到会这么残酷。话说回来，真到了那时候，对方也硬不起来了，这么一想，好像也没什么大不了的。

前不久，我在报纸上看到一段非常恐怖的文章。某内衣厂家发表了多年以来的研究成果，女人身体各部位脂肪渐增是随着年龄变化的。文章中说，肉，即脂肪，啊，算了还是说肉吧，总之先在小肚子附近增加，慢慢地蔓延到下半身，然后遍及胃部。

扑哧，文章说得对，我就是实例。

先是屁股变得松软下垂，肉会流进下半身。变化速度虽然因人而异，顺序却是相同的。据说，只有从年轻时便一直坚持穿有束身效果的塑形内衣，才能减缓这种变化的发生。

塑形内衣？我从来没穿过这种玩意儿。就是说，我一直在任身体随意下垂。正因为不穿塑形内衣，作为一个女人，我获得了多少自由啊。关于这个，我可以做长篇讴歌，再长的篇幅也写不尽，我不后悔。

无奈现在身上肥肉到处乱溢，看着很不成体统。现在我喜欢穿的内裤，都是巨大的，特别深的，一直能盖住肚脐眼的那种。这种不会勒出肥肉，不会压迫身体，穿在身上，我能做自然而然的自己……写到这里，我想起了母亲的内裤。我年轻时，母亲正好是我现在的年龄，和我现在一样肌肉松弛，穿着同类型的内裤。

太可怕了，太可怕了，不知不觉间，我变得和母亲一模一样了。

我与母亲并不和睦，原本没有任何相似的地方。然而肚脐附近的肥肉，整个小腹乃至胃部的形状，肥圆的身体，前深后浅的长裤，俯身系胸罩扣时无处安放的赘肉，她有过的一切，现在都出现在我身上了。

就这样，我和母亲一样发胖，变老，穿着同类内裤，总有一天，会患上同一种疾病，变得和她一样瘦，然后死去。

如果这些话题一直延续下去，会有点对不起内衣厂家。那我再说一个恐怖话题：最近我有乳沟了。

年轻时候我是平胸，人称"袖珍小甜饼"，从没穿过胸罩，一副嬉皮士末裔的做派。等我过了四十岁，哺乳完最后一个孩子，发现自己下垂的乳头会在意想不到的部位浮现，才随便买了些胸罩，也不讲究牌子，大多数都不舒服。几年前，我终于去了百货商店的内衣柜台，说想买舒服的内衣，拥有专业知识的店员为我量过尺寸，选了一种给我，我试穿后买了下来。一件一万日元左右。年轻友人告诉我，比吕美女士，这个价格一点都不贵哦。我半辈子辛苦省俭，第一次下了这么大功夫，挑选了这种价格的胸罩。好在效果立现，物有所值。自那以后，我的胸罩都是在那家买的。穿好之后，几乎是母亲代名词的"干瘪的乳房"在胸罩内聚拢起来，双杯之间出现了深谷。我那往日的"袖珍小甜饼"，经历了哺乳期的巨大变化，变得松软干瘪之后，现在多亏胸罩的关照，忽然有了即使是伪装看上去也很优美的形状。如此快感，有生以来我还是第一次尝到。

这个夏天

没有吃西瓜

便过去了

已经是秋天了。蝉已死绝，云也变得平稳，虽然偶尔会热，也已经不是几个月前干煎人肉似的痛苦之热，人终于有了喘息的机会，于是我想起来，这个夏天我还没有吃西瓜。

去年吃了。吃了无数。一个夏天吃掉了一辈子那么多的西瓜。

这边（加利福尼亚）的西瓜不像日本的绿皮黑纹瓜，没有那么圆溜溜，椭圆细长，切开后里面是一片模模糊糊的粉红色，没有种子，也不甜。与其说是西瓜，滋味无限接近黄瓜。

日本超市卖的切好的西瓜上有糖度表示，十二度十三度，如果这边的瓜也有糖度标签的话，大概只有两度或三度，还是不贴标签为好。不光是西瓜，其他水果也一样，美国的和日本的完全是两回事。

日本的水果更像工艺品。樱桃和枇杷之类的都一粒一粒整整齐齐地摆在纸盒里，我每次看到后都会感叹。大苹果、梨和桃子每个外面都有一层保护网，感叹。

看完日本的价格，更要感叹。蜜瓜在加州的最低价是一美元三个，葡萄柚最低价一美元七个，其他按重量定价的可以大体推断。需要双手抱起的巨大西瓜，两三美元一个。

这么说起来，这边的水果不是工艺品，那么真的有刚从果树上摘下的新鲜滋味吗？并没有。完全是刚从大工厂生产线上制造完毕配送过来的味道，每个都那么坚硬，不熟。因为尚未成熟所以又苦又酸，不能直接张嘴去咬，需要放置一段时间等待成熟，但是你不知道它什么时候变熟，有的即使捂熟了也不甜。啊，不是有的，是大多数，所以西瓜也一样，切开吃吃，即使糖度一二度，也不觉得稀奇。

就算味道一般，用来补充水分还是好的。至少水果是沁凉的，正好消除身体里的潮热。换一种说法就是，特别适合用来降低体温。现在就要说到正题了。

我原本并不怎么吃水果，因为吃完后总觉得手脚冰凉。尤其是这几年，如果早晨一起来就从冰箱里拿出酸奶来喝，就会觉得身体里的最深处都要凉透了，像进入冬眠前的变温动物一样身体发僵，所以不怎么吃了。

　　还有早餐时的牛奶，浇上牛奶的麦片，以及水果，都因为这个理由，我已经好几年没当早餐吃了。一天只有到了下午，身体活动开，有了温乎劲儿，才能吃这些，但也只能吃一丁点，不然的话身体会变得冰凉，就像进入冬眠前的变温动物一样身体发僵。

　　可是去年不一样。去年刚进入西瓜季节，不知不觉间，我已经开始吃西瓜了。西瓜进肚，身体马上凉了下来，一直到前年，这种凉还是痛苦，去年却成了爽快。这几年我深受潮热的困扰，一直热得受不了，无论采取什么措施，潮热都不见消散，而且不知何时发作，只要发作起来，就会全身大汗淋漓。汗是酸汗，就像运动员更衣室里的那种汗臭味，然而，一片西瓜就能让身体变得清凉。对我来说，就仿佛大雾忽然消散，视野一下子变开阔了。

　　这就是说，我同时受着两种症状的侵扰，一种是更年期冷寒症，一种是更年期潮热盗汗。

西瓜。

去年的西瓜对我来说，是唯一镇静内热的手段。

我吃了无数无数无数。

去年家里的西瓜没有断过，每隔两日，就会买来续上。饭后甜点总是西瓜，夫和女儿吃着吃着便腻了，只有我在不停地吃瓜。我简直怀疑西瓜果肉里含有雌性激素，精准对应上了我身体内部的缺失，镇静了我的身体。

西瓜这么灵验，然而我今年一口也没吃，不用吃也过来了。没有想去吃，也不再拿西瓜当救命稻草，也许，是荷尔蒙补充治疗见效了。也许，是我的闭经期结束了。总而言之，我身上的潮热消失了。

尊巴？还在跳啊，比以前习惯多了。跳着尊巴我又开始了骑马，所以现在满脑子都是马。

我住的熊本（应该说是常回来）有很多马，无论是吃，还是骑，马都很受欢迎。到了秋日祭时，到处都是马。我家附近有家骑马俱乐部，二十年前我就开始了骑马课。

那时我三十五岁，我拥有的一切开始分崩离析，支离破碎。当然我自身也充满了破坏的冲动。那时开始抑郁，在暗路上走不出来，离死只差一步。我想不能这么下去，得找个办法啊，哪怕是一根稻草也好，能抓住的都要抓住。我开始游泳，跳健美操，练合气道[1]，骑自行车，锻炼肌肉，以及骑马。

1　利用攻击者动能、操控能量、偏向于技巧性控制的防御反击性武术。

大家都知道我是个很容易投入的人，而且那时候我正处在是活下去，还是一了百了的危急关头，我下定了决心，坚持去上课，像抓住救命稻草一样骑在马上，不顾一切地急驰，马载着我越过了障碍。我掉下来无数次，又爬上去，忽然有一天，仿佛一根琴弦突然断了，我一下子就不去了。

那天，我差不多练习完，本应该让马休息，我却挥鞭再次奔跑起来。老师呵斥我："你应该想一想马的心情！"我从马上下来，用刷子给马刷毛时思考了很多。正因为我不懂别人的心情和想法，人生才变得这么破碎扭曲，现在，我连马的心情也不懂了呀。

那是一匹白色小马，名叫 Cool juice。虽然名字里有"Cool"，可是摸它的脸，摸它的鼻子，却那么柔软又暖和。我抱着它哭了，它那么柔软又暖和。自那以后，我再没有碰过马，一心投入健美操里。毕竟，做健美操无须站在他人立场上思考，只需注视自己的身体，与自己对话便足够了。好了，往日回忆不多说了。

现在因为诸多因素，我重新燃起了骑马的热情。正当我想着何时再去骑马的时候，因为跳过尊巴，身体肌肉活动开了，想做更剧烈的动作，于是骑马就成了自然而然的选择。

如今骑马俱乐部的老师也换代了。以前的老师非常严厉，与其说在教授英式马术，不如说他在灌输古式武道礼法，我甚至尝到了受虐的快感。如今的老师在国外留过学，轻快而现代。老师很会教，指示明晰而准确，还不时夸奖学生。我自己也不再是那个深陷人生迷雾、走投无路的三十五岁女，如今我是万水千山看遍、久经锤炼的女汉。体重也增加了很多，载我的马一定觉得我很重吧。

都说骑马和骑自行车一样是肌肉记忆，学会一次就忘不掉。没这回事！我忘得一干二净，所以最初是由老师牵缰带路，我只需坐在马上，非常省心，但很没意思。毕竟，骑马最有意思的，是自己驾驭着马儿这种身躯巨大、顽固又聪明、有着一双温柔眼睛的大型动物，自由地向前冲。然而等我解下牵绳，自己骑着马慢步走起来时，老师发话了。

"伊藤桑，你的身体太僵硬，在不停乱晃哦。你太心急了，人还在马上，心已经跑到马前面了。"

"伊藤桑，不要憋住呼吸。你的头探到马前面了，你的身体比马还急躁哦，这样你感觉不到马的。

91

你不能一个人往前冲，要让马载着你向前。"

从慢步进入快步后，每次上课，老师都对我说着一样的话。

"伊藤桑，放松呼吸。你要一边呼吸一边好好感受马的动作。拐弯的时候，你的身体歪了哦，这不是骑摩托车拐弯时要斜倒。如果你不坐直身体，马就接受不到你的指示。"

"伊藤桑，你又急躁了。又在用力过度，意识过剩。你在骑马啊，你感受到马了吗？"

"伊藤桑，你的身体又前倾了。你不能超过马身，要有让马先行、你随后跟上的意识。你得用屁股感受马的势头。"

啊，这就是我。

老师说的，是我的骑马姿势。听到这些话，我在老师不知道的地方做了深刻的内省。我审视了自己的性生活，我的为人处事态度，我的人际关系。

老师的每一句话都是对的，我这辈子就是这么过来的。而现在，我忽然有了强烈的冲动，想撕扯下身上的皮肉，里外翻过来，用力抖一抖，抖落附着在上面的愚行和烦恼，重新来过。

这个东西叫作 Kombucha，并不是真正的昆布茶。

去年这时候，我看到朋友在喝瓶装的，嗯，昆布茶？真的吗，让我尝尝？滋味和日本的昆布茶完全两码事，美国人又在误解日本文化，搞这种哄人的玩意儿。我哀叹着、鄙视着，没把这东西放在眼里，没想到现在成了热门饮品，所有食品超市都在卖。

这东西在超市的摆放位置，并非普通的清凉饮料货架，而是在能量饮料架上。所谓能量饮料，就是起着例如"红牛"或"怪物"之类的名字，里面放足了咖啡因和维生素，泛着妖邪黄颜色的那种东西，类似日本的营养饮料。Kombucha，就摆在这些能量饮料旁边。我随便在维基百科上查找了一下，发现了这东西的真面目，吃了一大惊。

没想到，冒牌昆布茶的真面目，居然是红茶菌！我惊讶到想尖叫出声，惊讶之外，又有重逢的欢喜。

出生于七十年代的人都记得红茶菌吧，几乎每个家庭都培养过。用罐子养着，外观既似菌类又好像海蜇，当时风行一时。那时我母亲经常提起，甲某在养这东西，乙某也开始了哦。有一天，母亲终于从姨妈那里分到一些菌种，用一个渍梅酒的大玻璃罐养了起来。

那时我差不多二十岁了，已经不是小孩，但也不是成熟的大人，体重只有现在的一半，应该正是一个皮肤光滑水润的女孩子。不对不对，那是我厌食症最严重的时候，皮肤一定惨不忍睹。那时候的我对一切事情都抱着怀疑和反抗的态度，对红茶菌也是如此，无论是它的功效，还是带着宗教味道的传播方式，我都觉得非常可疑。从最开始我就不分青红皂白地认定母亲着迷的是一种邪物，心里充满反感。母亲非常认真地培养了一阵子红茶菌，后来不知为什么，不知不觉间停了手。第二年，梅酒罐里渍起了梅子酒，不对，好像是渍了酸甜藠头。

没想到，现在红茶菌万里迢迢来到加利福尼亚，被误换了个名字，成了大规模制造的饮品，深受喜爱。

对了，美国还有一种叫 Amazake[1] 的东西。美国人发不好 ke 的音，干脆叫它 Amazaki。几年前风靡一时，定位就像现在的 Kombucha，被当作一种健康食品。出于乡情，我买来喝了一下，滋味和甘酒完全不沾边。看看说明书，原料里虽然有大米和米麹，同时还有香蕉、榛子和凡尼拉香草什么的。喝一口，马上觉得被人摆了一道，什么鬼，骗谁呢！正因为有过这么一遭，所以今年的 Kombucha 我迟迟没有下手。

其实美国的甘酒原料里，正经有大米和米麹，应该算是甘酒，就像混合了香草的豆腐（真有这种东西）一样，东西确实是真的，只是稍微变了形。但 Kombucha 就不一样了，名字和内容是截然不同的两码事。就像当年坂本九的流行曲《昂首向前

---

1 日本甘酒的罗马字拼音写法。甘酒，由大米发酵而来的甜味饮料，含微量酒精。好的甘酒只用大米和米麹发酵而成，无须加糖，便已经甘甜可口。

走》，美国人叫这歌为《寿喜烧》[1]，他们不愿理解外国文化，是傲慢而造成的错误，让人生气。

当年，在我母亲开始热衷红茶菌的几年前，我父亲迷上了一种更加诡异的小黑虫子，用米糠养着。虽说都是昆虫，这玩意儿可不是蜜蜂、蝉或蜻蜓什么的，我简直说不出口，活似那个蟑蟑蟑（……不由自主地口吃）螂。箱子里爬得满满的。父亲每天拈起几个，像喝药粒一样整只咽下去。少女时代的我在旁边看着，在心里惊呼过"啊啊啊啊啊"。

父亲是生吞爱好者。比如生鸡蛋，只在蛋壳上敲一个小孔，倒进几滴酱油，直接倒进嘴里喝下去。和生鸡蛋一样，吞虫子也是昭和时代的做派，那时市面上还没有营养饮料。

再说回红茶菌。

红茶菌勾出了我难以抑制的怀旧情绪，我去了专营健康有机食品的高级超市 Whole Foods。这家超市里有专门大字标着 KOMBUCHA 的冷藏柜台，一边的堂食席位边上，还有木桶装的新鲜

1　坂本九在 1961 年发表的单曲，曾是日本以及欧美的单曲榜冠军单曲，在美国，歌名被当成《寿喜烧》；在比利时和荷兰，则被当作《令人难忘的艺妓女郎》。

Kombucha。我买全了各种口味，对比着喝了一遍。都酸酸的，是微碳酸饮料。

为了营造美味口感，里面添加了各种口味，枸杞果味、石榴味之类的，实际上如果喝惯了，也还可以，与日本各种口味的醋饮品没什么区别。唯独有一种瓶装的，上面标注着"原味无添加"，一口喝下去，滋味个性鲜明，一口难忘。

口感又黏又滑，带着难辨美味还是恶心的酸味。一口咽下去，一缕凝胶体黏在嗓子眼里，滑溜溜的。那种黏稠感，将我带回了昭和时代。

我从妇产科家庭医生那里听到一件特别恐怖的事。不久前我已经听到一件很恐怖的事了，这次的有过之无不及。

妇科和产科医院是我年轻时最害怕去的地方。鬼门啊，实在太难受了。当然也因为那时我做尽了对身体不好的坏事。

第一次去妇科，是母亲带我去的。那时我十八岁，得了厌食症，月经停了。我和母亲对厌食症一无所知，本该看精神科的，却去了妇科。我当时不懂妇科的诊疗方式，所以一进诊疗室，一个男医生将手插进我的阴道时，那种震惊就别提了。那时我还不知道"心理阴影"这概念，如果知道的话，一定会大声嚷嚷内心受到了巨创。

后来因为生孩子，我便习惯了妇科的诊疗方

式，也习惯了主动思考和描述自己的性器官、性生活，以及要不要孩子等话题，与妇科医生也能正常交流了。

大约十年前，做子宫癌的例行体检时，我被查出宫颈异常，慢一步就会癌变。借这个机会认识了比我年轻几岁的女医生 M，那之后我经常找她做诊疗，现在我们是非常好的朋友。

我在美国买的医疗保险规定，如果看病，必须先经过家庭医生筛诊之后，才能找专家治疗。比如眼科和皮肤科，必须先请家庭医生诊疗，既麻烦，也浪费钱，非常不方便。同时美国法律也规定，只有妇科可以直接找专家医生做诊断，这一点很贴心。

进了妇科医院，护士把我带进诊疗室。如果是日本的诊疗室，里面一般摆放着各种医疗器械和资料，先经过护士，隔壁才是医生的房间。加利福尼亚的诊疗室里只有检查台，其他皆无，很是空旷。护士先过来测量血压，告诉我怎么换检查服。我脱光身上的衣服，换上一件后面系扣、露着屁股的长罩衣（每家医院都是这种长罩衣，已经习惯了）。片刻之后，医生走进来，与病人一对一，听诊，检查，做诊断。若是日本的妇科检查椅，病人和医生之间隔着一道帘子，这边什么都没有。

M医生做着检查，我能看到她手部的动作。有时我会喊疼（不由自主地用上了拉玛泽呼吸法[1]，转移注意力，减轻痛感），有时一边闲聊一边做检查。两人之间没有帘子阻隔，我原本以为会很别扭，其实并没有，反而觉得自然。就好像我有一个身体，阴道是身体的一部分，一只手探到里面做着检查而已。

我以前以为，我用英语不能做百分百的自我表达，但和M医生，我能用英语袒露自己。面对这位妇科医生，我可以很坦然顺畅地说起子宫、阴道和性生活等话题。唯一的问题是，我的英语是跟夫和朋友听学来的日常口语，不知不觉间就带上了很多F打头的词。这让我有了想法，得找个时间认真地学一下，关于下半身，我想多掌握一些有品格的英语单词。

后来因为做补充荷尔蒙的治疗，我开始定期去找东京银座的村崎芙蓉子医生做诊疗。无奈东京太

1　一种通过调节呼吸来帮助产妇放松肌肉的经典助产法。

远，实在不方便，就换到了家附近的 M 医生这里。最近我请她开处方时，我问她女人闭经之后身体都会发生哪些变化，她讲了一番话，把我吓坏了。

"闭经之后，女人身体的所有部位都开始变得干燥，萎缩，出现褶皱，这种变化是无法阻止的。无论是身体表面还是内部，皮肤还是阴道黏膜，都一样。荷尔蒙补充疗法只能拖延时间，干燥和萎缩终将不可避免地出现。阴道内部会变干皱，早晚有一天阴道口会合上。"

我一直以为，只要想过性生活，就能一辈子做下去，前提是对方不软。

前不久，我在日本曾和一位更年期专家聊天，专家说，闭经后的阴道因为干燥会有痛感，这话也让我吃惊，当时周围还有其他人，不方便细问。现在我很后悔，早知如此，当时就应该毫不犹豫地问清楚。

我在《女人的绝望》中写过这样一段话，描写的是我闭经一两年后的状态：

"自那之后，阴道壁开始干燥萎缩，每当阴茎插进来，就有划伤似的疼痛，不用润滑剂的话做不下去，这种痛让我很烦恼。然而同时我也明白了，只要借助润滑剂的力量，还是能保持性生活的。（中略）五年过去了，我垂头丧气地衰老了。"

看来现在我必须修改这段话。现实并不这么简单，现实是——早晚有一天，口会合上。

年轻时我的裤子几乎都是牛仔裤，十五六岁时开始穿，穿坏了几十条。我穿着牛仔裤和男式衬衫，不戴胸罩，阔步向前。

"这个女人不喜欢打扮，又没有温柔女人味，却一心喜欢上了我。一想到这里，我就莫名自豪，觉得自己像驯兽师。她衬衫上凸显出来的乳头是一种只有我才能体会的性感，把我迷得晕头转向。"这话是我前夫说的，形容我们二十几岁初遇时的状况。呵呵呵，他中了我下的套。

三十五六岁以后渐渐不再穿牛仔裤了，那段时间我的人生支离破碎，满脑子想的都是男女情事（短暂的一段时间，敬请理解）。如果想在车里、在大楼的犄角旮旯随时随地干上一场，牛仔裤脱起来实在不方便，出于这个原因，我改穿裙子了。

啊，那之后我经历了无数事情，开始迅速消瘦，然后又猛烈地胖了起来。这种胖，可能因为精神状态极度磨耗后恢复了原状，也可能是我移居美国后，拥有了美国体形。再之后，地球无可避免地变暖，我无可避免地进入了更年期，整日潮热得要死要活，所以一直穿着裙子，裙腰是松紧带的，松松快快不紧绷，长裙子遮掩了下身体形，又通风透气，非常自由。我觉得，这副样子才是真正的我。

大约从两三年前起，我稍稍更改了路线，改穿起裙子与长裤合二为一的衣服。裤腰当然是不勒腰的松紧带，既有遮掩体形的长裙功能，又因为是裤子，可以做深蹲，能迈大步，能伸开腿上下台阶。躺下时能叉开腿，坐下时可以把腿高高架在墙上，促进血液流通。大家也许会问，你一个欧巴桑为什么要做这些姿势？这些都是我流浪生活的必然结果，如果长期和机场、飞机经济舱打交道，这种生存智慧必不可少。

到了这一步，我心里就有一个微弱的声音在尖叫：为什么不换上旧日的牛仔裤呢？

这种尖叫其实是在质问我：为什么在欧巴桑的路上一去不回头了。如果一直这么下去，我身上的赘肉会越来越多，会满头白发，如果贪图自由一直穿这种衣服，我会变成一个彻头彻尾的欧巴桑吧，就像我母亲年轻的时候。

我最近在想，之所以身上有这么多赘肉，既不是缺乏运动，也不是饮食过度，和年龄也没什么关系，完全是我以自由的名义偷懒，过度依赖松紧带的结果。

我还想，如果我再次穿上牛仔裤，把腰部和大腿紧紧束缚住，也许赘肉就会停止增长？

然而，令我踌躇的墙壁太高了，新牛仔裤太硬，穿起来不贴服。在商店试衣间里，我使劲把肉塞进牛仔裤里，用力提起裤腰，拉扯到半截，终于明白裤子装不下这身肉。我死了心，吆喝着加油号子把裤子剥下来，满心屈辱地去拿更大一号。同样的过程多次反复……

光这么想象一下都觉得可怕，浑身冒汗。更何况包裹在牛仔裤里的下半身一定非常臃肿，会明确无疑地告诉别人：裤子里装着大量的肉。我用裙子和裙裤遮掩的体形，就要被牛仔裤揭示无余，我二十年来的体形变化，即将暴露。

别看我想了这么多，踌躇了这么久，其实前几天，我随意走进一家优衣库，在购物欲驱使下，冲动地买下了一条牛仔裤。

优衣库的型号与我二十年前穿过的李维斯完全不是一个系统，让我丢弃了虚荣心和恋恋不舍，无须纠结"明明我二十年前穿的是这个号"。我随口问店员，我该买什么号，店员打量着我的身材，想着大概和家里的母亲差不多，给我推荐了一个。我试着穿了，很神奇！我的肉肉全都装进去了！质地柔软，充满弹性，包容下我的身体，一点没有紧绷的不适，像是为我量身定做的。看来二十年间牛仔裤的质感也进化了。

前面说了这么多，我其实想说，清楚知道自己的衣服型号，买有型号区分的衣服，原来是一件这么需要勇气的事情。一度放弃的事情若想重新找回来，过程非常艰难。

无论如何，我确定了自己现在的型号。向别人展现了体形变化，和我想象的不一样，这些都很自然，没什么好纠结的。也许是我早就放弃了，别人爱怎么想就怎么想吧。现在我穿着宽松的男式衬衫，当然不戴胸罩，觉得自己很自由。

　　如果问我这辈子有什么想做的事没做成，那就是，我想生更多的孩子，生好多好多孩子。如果可能，我想在每次排卵的时候都怀孕，生下孩子，给孩子喂奶，但是我没能做到。我时常觉得，很多东西都浪费了，实在可惜。

　　前不久有一个热门社会新闻，已经过了更年期的母亲为自己的女儿做了受精卵代孕。我想，如果需要，我也愿意这么做。如果将来鹿乃子让我替她怀孕，我会毫不犹豫地去做。

　　我的大女儿鹿乃子，今年二十七岁了。与从前相比，她现在沉稳多了，和伴侣的关系也很和谐，已经完全是一个成熟的人人。

　　仔细想一想，我的文章里一直出现着鹿乃子。《好乳房　坏乳房》里，写的是怀着她、生下她、

107

看着她长成一个小婴儿的过程。《肚肚　脸蛋和屁股》里，写的是她的幼儿时期。《伊藤坏心情制作所》里，写的是她汹涌起伏的青春期。我甚至还写过一首《杀死鹿乃子》的诗。

我的几个女儿们中，鹿乃子在我的书中出现得最多，比二女儿沙罗子和三女儿小留都要多。鹿乃子是我的第一个孩子，她的成长经历对我来说，都是第一次。加上她的性格和我非常相似，都是破罐破摔的人，莽撞又冒失，写她如写我，写起来很容易。而现在，我的大女儿鹿乃子，她怀孕了！

她先告诉了妹妹沙罗子，小留马上知道了，之后消息才辗转传到我耳朵里。

我立刻打电话问她，听说你怀孕了？对，最近没来例假，乳房胀痛，在药房里买了怀孕试纸测过，怀孕的可能性是百分之九十九。

我尖叫出声，女儿怀孕了。这就是说，我要有外孙了。

哇，"孙"这个汉字，我写得很不情愿。我都要有孙辈了？不会吧？！我有那么老吗？所以用MG[1]代替一下吧。

1　"孙"字的日语缩写。

我周围很多人是MG迷。用我表弟的话说，"我心情好的时候，能逗他玩，玩烦了就还给他父母，方便可爱，又不用负责任"。友人甲则说，MG出生时的瞬间，让她感觉到自己作为一个生命体完成了使命。类似这样的话我没少听，他们手机待机壁纸上的婴儿照片我没少看。这让我莫名恐惧，MG真是一种神秘的存在，从每一个深奥的层面声张着自己的存在。而我自己的MG将要诞生，他存在着，却又无迹可寻，像个气味十足却不出声的屁。

鹿乃子的事情我已经写惯了，我以为自己现在就能写出《鹿乃子的好乳房　坏乳房》或《MG的肚肚　脸蛋和屁股》，但我没有实际感受，没的可写。我这才想到其中的巨大区别，这次不是我怀孕啊，完全不是一回事。

无论如何，我爱小宝宝。软绵绵的，带着好闻的香味，你叫他，他就会过来，不安分地乱蹦乱跳，渐渐学会说话，堪称完美宠物嘛。现在沙罗子和小留已经进入了过度溺爱宝宝的姨母模式，无论看到什么，都会尖叫："啊，我想买这个送给小%¥#！"（每次都用一个不同的假定婴儿名字）

对小留来说，她不仅充满了升级当姨母的喜

悦，还有另外一个期待，鹿乃子的伴侣是白人，他们的孩子将是一个混血宝宝，小留终于有了一个混血同类。小留是家里最小的孩子，被众人宠爱着长大，然而她在这个家中，也许一直感觉自己在生物形态上与其他家人不一样，她多么期待有一个同类伙伴啊。一想到这里，就觉得我的小留又可爱又让人心疼。

我忽然又想起来，鹿乃子小时候，我母亲为她买了各种各样的东西，大多是廉价童装，式样俗气，尺寸不对，又不能扔。我稍微提一下，母亲就会震怒，麻烦得要死。我曾认真考虑过，干脆列一个需要物品清单，母亲真要想买，请她按清单上的顺序买（但根本不行，母亲是冲动购物型，她控制不住）。种种旧事，清晰得仿佛昨天刚刚发生。啊，也不全是，有些事情我就忘记了，比如我和母亲在育儿细节上意见不合，一边是亲妈，一边是亲女儿，无数次激烈地大吵特吵。如今旧事清晰浮现，我心里还是有气，那个顽固老太婆！由此我下定决心，对鹿乃子和她的宝宝，我坚决不多嘴。

鹿乃子现在怀孕十周了。感觉如何？我问她。

"拉不出屎，满脑子都是这个。现在才知道，能正常拉屎是一件多么幸福的事。"

不愧是鹿乃子，简直是另一个我。我感动地脱口而出："给你寄一本《好乳房　坏乳房》吧，你好好看看，你刚才说的这些上面都写着呢，一模一样的。"

狂风啊
你尽情地吹
跳着尊巴 我不冷

　　我每周上五次尊巴课，跟着节奏疯狂地摇晃着
腰身，但那个挺着腰快速晃动肚子的动作，我还是
掌握不好诀窍，所以今天拿定主意，直截了当地问
老师，这个动作究竟该怎么做，我肚子上都是脂肪，
晃不动啊。老师回答："先把注意力集中到骨盆上，
再想象着把肛门向上提，转动腰部，快速扭动，几
个动作连做几次，尊巴感就出来了。"就是说这个
动作不是晃动肚子上的脂肪，而是转动腰部。老师
接着说，"这个动作锻炼的是腰部肌肉，这里那里
都会变得更有力量，等你老了就知道好处了，你不
会佝偻，不会摔倒，不会受伤。"
　　我也觉得这种疯狂扭腰的舞步一定还有什么
其他目的，仔细想一下，它直接关联着老龄健康。
我是正跨入老龄的欧巴桑，不能不尊巴。这又让我

想起，以前做针灸的田中美津老师曾不厌其烦地强调过，腰很重要，一定要活动腰部。看来她想说的就是这个道理。我开始自我反省，以前总是不认真听别人说的话。

跳着尊巴，我有时会想，啊，这个动作以前好像做过。比如今天做的是锻炼腿部后侧肌肉的动作，要后屈小腿高高跳起，跳着跳着，我忽然想起了小时候跳皮筋的儿歌。

啊，那种平坦单调的节奏感，那种旋律，我只记住第一句，下面的词想不起来了。小时候的跳皮筋，是两个人牵着一根皮筋，其他孩子在皮筋左右和着节奏跳来跳去。

小时候我经常跳，想起来真怀旧……不对不对，这都是我的错觉。其实我小时候很少跳皮筋，只是在旁边看着其他女孩玩，错觉自己也参加了而已。那时我是个小胖子，只要我去跳，大腿总是一下就勾住皮筋，我马上气喘吁吁，跳不下去了。

那群喜欢跳皮筋的女孩子总是欺负跳不好的人，我被欺负过好几次。至今我都记得高大的梧桐树下小甲和小乙对我的态度，记得那种屈辱。

快要升到小学五年级时，学校保健室的老师让我把一封信转交给家长。父母读过信后很焦急，据说信上写着"你家孩子肥胖过度，不能让她继续胖下去了"。后来我很顺利地瘦了下去，因为母亲的饮食疗法见了效，也因为我到了成长期，个子长高了。高中快毕业时我又试图减轻体重，发展成厌食症，尝尽了辛酸痛苦。我这才觉得，小时候那一段受欺负的日子，幸好在成长期和青春期到来之前就结束了，少吃了很多苦。

那时我想，如果想瘦下去，只有多多运动。我放下书本和漫画，加入了在小巷里玩耍的小孩群里。水雷舰长和踢罐子游戏都比我想象的好玩，我每天都出去玩，肥胖渐渐消退，身体越来越灵活，不是在地面上奔跑，就是在墙头上跳跃。玩伴几乎都是男生，不远处就有一群女孩子在跳皮筋，我没有靠近。我只是在肆意奔跑，躲藏，快活地踢着罐子。

尊巴课的几位老师，每人都有自己的结束曲，无论一节课上跳了多少节奏热烈的曲子，下课前的一曲，都是舒缓又简单的。

A老师舒缓地挥舞双手，像在召唤着什么，也许老师想表达"再见，下周再见"，我愿意理解成"快过来，到我身边来"。我想起日本每年十一月酉日集市上卖的竹耙熊手[1]，我集中着意念，想把运气、幸福和金钱都耙到自己身边。手腕水平画圆的动作，是捞起。前后画圆是聚拢后捡起。左右伸开双手，是"我在这里啊"。双臂抱住自己身体，是"我这么努力，值得被赞美"。手指聚拢是"我多么温柔可爱"。再高高举起，"是我啊，我在这里"。我默念着每个动作的含义，舞动三分钟，做纯粹的自我肯定，仿佛聚拢来了运气和财富，每次做完，心里都充满了幸福感。

B老师的课程运动量非常大，到了结束曲，我就像一条被煮熟了的章鱼。我伸展开双臂，转个圈，左转一圈，右转一圈，仿佛纸飞机在飞。我真想加上效果音，嗡……想哈哈哈地大笑出声。B老师的动作不是聚拢财运，更像回归童年。

总而言之，我的童年前半期，一直在看书，看漫画，胡思乱想；后半期在奔跑，在躲藏，踢着罐子，也算一个丰富多彩的童年。但我心里一直有遗憾，我多么想尽情地跳绳和跳皮筋啊，多么想哈哈

1　在西日这一天，日本各地的神社内会开办集市，摊位上主要出售"会耙来财富和好运"的竹耙（日语称"熊手"，把面具和钱币挂在上面，作为吉祥物的装饰品）。

哈地大笑出声，和其他女孩子一样做游戏。所以现在，我在尊巴课上，左转一圈，右转一圈，心里发出哈哈哈的大笑声，开心得像个小姑娘。

我有一个坏毛病，越到交稿期限却写不出来时，越想做不相干的事情，逛亚马逊挑书，去iTunes上买歌，窥视山崎面包官方网站上的午餐包出了什么新品种。这一次，我用YouTube给自己开了一场七十年代流行歌曲大连放。

是怎么想起来听老歌的？嗯，起因已经想不起来了。

总之等我察觉过来，发现自己正在听忌野清志郎[1]，在听他加入的The Timers乐队的歌，《核电站小调》《雨后夜空》《白日梦believer》。

听到The Monkees，想起"啊，确实有过这么一支乐队"。

---

1 忌野清志郎（1951—2009），日本歌手，1970年出道。

听着《赤色悲歌》[1] 时，我想起盟友 H 田曾是森鱼歌迷，就发邮件告诉他我在听这些那些，H田回信说："还有这些也必须听！"传过来一大堆 YouTube 网址。我都听了。

听了 H 田往昔唱过的《心之旅》；前夫唱过的《可爱的艾丽》；文化节之夜凝视着篝火听过的《给我一双羽翼》，啊，那时这首歌还没有变成全民之歌，只是一首代言了我们微弱之声的心曲；在高中时代好友 M 子（友谊一直持续到现在）房间里抽着烟听过的 Happy End[2]，还有远藤贤司。

我以势不可当的劲头回到七十年代，听了所有能想起来的、还记着旋律的流行歌曲（听歌的同时并没有忘记工作，放心吧）。最后我终于想起来，还有吉田拓郎，那时他的艺名还全是假名，并非汉字[3] 表示。

我怎么忘记了他呢，这四十年来，尼尔·杨和乔尼·米切尔我一直记得清清楚楚，还经常写进文

1　县森鱼的作品。县森鱼（1948— ），日本民谣歌手。

2　细野晴臣、大泷咏一、松本隆和铃木茂在 1969 年末所组的乐队。

3　日语中的假名表示发音，一般来说，人的姓名既有汉字，也有对应的假名表示发音。吉田拓郎在七十年代时，直接用假名表示出道，1975 年改回了汉字表示。

章里，为什么就把吉田拓郎忘记得一干二净了呢。

现在想起来，在尼尔·杨之前，我刚上高中时就听过拓郎的歌。我并不是偶然发现，而是迎面撞上他的曲子，他的歌词让我一下子就沉溺进去了。我的父母都不听音乐，家里没有唱机，我拿出自己攒的钱买了唱机，买了有生以来的第一张唱片——吉田拓郎的《人这种东西》，接着买了《我一切都好》。这两张唱片几乎被我听烂了。"听烂"这个词在这里是真实描述，并不是比喻。当时那种大唱片真的会被唱针划穿，变得破烂不堪。

那时我还有他的《意象之诗》，其实我没有买收入这首歌的专辑。当时并不像现在这样可以轻而易举地复制歌曲，我给H田发邮件，问他当年是怎么复制的。他回复我："估计是先用唱机，然后在唱机旁放一台磁带录音机，人在旁边不出声，边放边录的吧。"嗯，我至今记得，当时转录了很多歌曲。

拓郎的歌里，有几首的歌名是《自杀之诗》《意象之诗》和《青春之诗》，我暗自想，也许这是他在致敬中原中也[1]的《山羊之歌》和《往昔之歌》。

1　中原中也（1907—1937），日本诗人。

拓郎的唱片我只买了两张。之后得知同年级的M子和H川正在听尼尔·杨，我立刻也听入了迷。买了《收获》（Harvest）和《淘金热后》（After the Gold Rush），直到大学一二年级开始写诗之前，一直沉迷在这类音乐里。

如今，时隔四十年，重新听到"为什么我会如此悲伤"，"到今天为止吧，让明天有个新开始"后，我想起了无数往事。

高中屋顶上看到的阴云天空。远方的连绵群山。池袋和新宿。中野的摩天楼。歌词里出现的"自由"二字。我高中时代的真实写照。那时经济高速成长已经停息，学生运动极速衰退，一个时代结束了，我们都是无感动、无力气、无责任的三无主义新一代，举目四望空空荡荡，自由而荒凉。那时我反反复复读过的《中原中也诗集》，现在书页都散开了，破旧不堪，我把它放进塑料袋里，仿佛保存了一个犯罪证据。

既然我这么迷恋拓郎的歌，为什么只听了两张就腻了，转而奔向尼尔·杨？可能因为尼尔·杨唱的是英语歌。吉田拓郎的日语歌词对高中生来说是一种冲击人生观的东西，然而，我很快看穿了其中的套路，看到了日语歌词的局限。我不想一直停留在原地。

当时我的英语成绩是"2"。在我的高中里，2是最糟糕的成绩，那时我至多只能听懂英语歌里的 I Love You 和 Baby，但尼尔·杨的歌词走的不是这种路数，他和吉田拓郎类似，都是在认真地讲述人生。这种英语，我当时完全听不懂，因为不懂，所以着迷。现在想一想，我选男人也是这么一回事，深刻反省。

前一段时间，NHK 的大河连续剧《平清盛》开播了。盟友 H 田非常兴奋，没完没了地告诉我，松山健一[1] 多么帅，平安时代末期的男子一眼望去皆帅哥什么的，说得我心痒痒，还上网搜索了信息。我那八十九岁在熊本独居的父亲也喜欢这部剧，不过，前一部大河剧《江》，父亲也看得津津有味。也许只要是大河剧，父亲就来者不拒。

而我若想看剧，除了回日本看，没有其他办法。

有一天我给父亲打电话（其实我每天给他两三个电话），父亲主动提起来："你上次不是说想看清盛，可是在美国看不了吗？"接着就在电话里，花

----

[1] 扮演《平清盛》中的男主角。

了十几分钟时间为我讲解了好几集的故事情节，连细节都讲得很清楚。

若说父亲最近的状况，看上去只保持存活的状态他就已经用尽了全部力气。即使我在他身边，他也很少说话，仿佛我不存在，只拿电视和报纸当交流对象，度着每一日。现在听到父亲如此一番长电话，我很吃惊。借机知道了平清盛的生平，同时确认了父亲脑子还好好的，没有痴呆。他坐在空无一人的起居室里，认真盯看着电视画面，我从他的讲述中，感受到了他这份孤独。既然如此，我更得找来《平清盛》看一看了，不然怎么和父亲热烈讨论呢。

其实，收视办法还是有的。北美有 TV Japan 有线台，只要每月付费加入即可。友人 M 美家里早就装了 TV Japan。有了这个频道，孩子们的日语能力显著提高了，M 美说。

我要来了相关宣传说明手册，才知道还能在这个频道上看《仁医 JIN》《瞌睡的磐音》，还有《面包超人》和《哆啦 A 梦》，甚至有 NHK 的《和妈妈一起做》[1]。只要把节目录下来，就能送给鹿乃

1　NHK 制作的幼儿节目。

子的孩子看（尚未出生）。

　　但是我家有两个障碍。首先是夫。M美和她丈夫都是日本人，可以全家聚在一起看日本节目，一起热闹讨论，边看边讲述让人怀旧的日本往事。可是，如果我家电视上放起日本节目，夫就被排除在外了。现在就算不看电视，家人只要用日语聊天，夫就在一边孤零零地听不懂，如果再放日本的电视节目，他更成了局外人。

　　其次，我家不看电视，没有看着电视放松享受的习惯。平时我们在各自房间里工作，到了吃饭时间才出来，在餐桌前一边吃一边说事，吃完饭各回各屋。家里倒是有电视这种电器，平时屏幕冲着墙。每隔四年，夫才把屏幕转过来，掸去灰尘，收看总统选举辩论会。

　　小留小时候，家里有过录像机。小留看着祖父寄来的《面包超人》和《宝可梦》长大，虽然不是电视土豆，足可称录像机土豆，现在她是YouTube土豆。

　　经常有人说，不看电视的家庭很少见，我觉得没什么区别。我在家看电影时，用DVD连接投影仪，把墙壁当屏幕，画面巨大，观感超爽，临场感足以媲美电影院。看的时候，夫一声不吭，无言凝视画面。不是那种边吃东西边聊天的观影气氛。

其实，每周有两次时间，我和夫会一起看电视上的网球节目，他是资深网球迷。我们在共同的健身教练那里，做着运动看着大屏幕电视，连我也成了网球通。我本来对网球没兴趣，但没办法，只能一边锻炼着肌肉一边和夫看着屏幕。看电视时，他也是那种无言凝视模式，非常无聊。这有什么意思啊，我不禁想。

前几天，我休息了一节课，夫一个人去的。回来后他兴致勃勃地给我讲述了当日的比赛细节，说太遗憾了，你漏看了一场重要比赛，德约科维奇输掉了一盘。

夫那样子，神似我父亲。和我父亲说起巨人棒球队以及相扑比赛时的口气一模一样。如果我有儿子，那么，我五岁的儿子骄傲地向我献宝时，也会是这种口气吧。

就是说，在夫的世界里，只要无言地和我坐在一起，看着同一个画面，就已经是一场很亲密的对话交流了。真出乎我意料。

为夫着想的话，比起加入 TV Japan，还是先申请一个网球专用频道比较好。那松山健一怎么办，我父亲怎么办，我陷入了石头剪子布的相杀僵局。

上一次，我写到在夫的世界里，只要我们并排坐在一起，无言盯看着同一个画面，就已经是了不起的对话交流了。我父亲也一样。只要我坐在父亲身边，和他一起无言地盯着电视画面，就能把他从孤独中解救出来。

这就是说，八十九岁的父亲独自住在日本熊本县，我每个月从加利福尼亚回一次熊本。听到我这么说，很多人会觉得我在开玩笑，真要是玩笑就好了。只要我一个月没有回去，父亲就会以惊人的速度衰老下去，口齿变得不清晰，电话里语无伦次，变得不爱开口说话，一开口，说话口气又令人讨厌。所以我咬紧牙，拼了命地每月回一次熊本。

先不说别的，只移动过程就不那么容易。从我家最近的机场飞到洛杉矶，要花几个小时。洛杉矶到东京成田十一个小时，从东京羽田抵达熊本又要几个小时，还有时差和漫长的候机时间，有时不得不中途临时找酒店住一夜。

我年逾五十后的肉体非常疲惫。背着包的肩膀上有了淤青。来回一次的机票费用是一笔不菲的花费。我如此历尽辛苦，每月去看望父亲，最近却觉得和他在一起很没意思。

父亲耳背，我们不能像从前那样交谈，尽管他并未老年痴呆，但脑子明显衰老了，眼里只有自己感兴趣的东西。我若提起什么话题，只要稍微复杂一点他就听不懂了，视野狭窄，不懂人事。和父亲说话时，我感觉对面是一个刚上小学低年级的幼稚男生。

我在熊本有自己的房子，距离父亲的住处大约步行七分钟。我没有和父亲同住，无论多么难，我也要每天回自己的房子。也许有人会说我冷漠，但这是我确保自己时间的唯一手段。每天，我帮助父亲吃下早饭和午饭，晚饭交给护工，饭后我再去看望父亲，陪着他一起看电视。父亲耳背，电视音量震耳欲聋。

我们一起看综艺，看古装剧和现代剧。电视节目那么聒噪，愚蠢，看得我脸红。到了棒球赛季，我们看棒球。相扑比赛开始了，我们看相扑。这些至少比综艺和剧好一些。

我把时间分配给父亲的时候，加利福尼亚的家里，夫和女儿正过着我不在身边的生活。对于他们，我哪里是妻子和母亲，分明是野猫。有时我不禁想，我是不是被诅咒了，注定不能和珍惜的亲人一起生活。

最近，无论遇到谁，我们的聊天话题都会说到各自的父母。

前段时间的闭经在我的亲友之间成了话题，但换到左邻右舍的太太、路遇的行人，就不能聊"听说你闭经了"。回想我的育儿时代，身边也没有说话对象。那时我身边的年轻友人，没有一个人和我一样结了婚、有了孩子，在他们面前，我闭口忍住了育儿的话题。

可是现在不一样了，无论遇到谁，都能互相倾吐一下照看老人的苦水。这是一种多么理想的交流状态啊，简直前所未有。也许，现在是前所未有的新时代，大家的父母都史无前例地长寿着，以至于成了沉重的负担。

互相和谐地倾吐苦水是有窍门的。窍门很简单，无非是你说时我听着，轮到我说时，你听着。但是太多人掌握不了这个窍门。

（和父亲同住、朝夕照顾父母生活的人对我说）比吕美我羡慕你，你不用和父母同住。

（住在父母家附近、大事小事都要被叫过去的人对我说）比吕美我羡慕你，你在美国啊，离得那么远。

（与母亲关系不好的人对我说）比吕美我羡慕你，你照顾的是父亲呀。

这些话让我烦透了。我有什么可羡慕的，每月一次万里迢迢穿越太平洋哪里轻松了。

我明白了，一个被肩头重负压得疲惫不堪的人，是感知不到别人肩上也有同等重担的。

就是说，这个世界上存在着各种形态的衰老。子女与父母的关系、照看父母的方式，也是千姿百态。很多人不明白，每个人都有各自不同的重负，都在疲于奔命。

现在每个人都气喘吁吁的。我也一样，奔波来往在太平洋上。陪着父亲看看电视的生活貌似轻松，然而，这就是我肩膀上的照看父亲的沉重担子。

　　我家来了新宠物，名叫贝拉米。

　　贝拉米是一匹"马"，不是真马，在别人看来
只是一台普通的骑马机，全身灰色，有着黑色把手。
在我眼里这就是一匹眼睛圆溜溜湿漉漉、体毛柔顺
的小马驹。贝拉米的名字是小留起的。这叫什么名
字，我暗想。算了不争了。

　　准确来说，它是夫送给我的礼物，圣诞节、我
生日和情人节三日合一。每逢节日我都送给他昂贵
的苏格兰威士忌，他却总是嘴上说什么"稍后就去
买"，或者搪塞说要陪我去我喜欢的服装店里买点
什么，光说不行动。夫对衣服不感兴趣，或者说很
小气。根本上来说，他讨厌购物，要买也只捡便宜
的。我要是买了二三百美元一件的衣服，他一定会
昏过去。他自己身上穿的，脏了破了也毫不在意，

让我和这种男的去服装店买衣服？我可不愿意。于是就有了贝拉米。

我想要一匹马（骑马机）的理由如下：

我回熊本时，每天早晨都去骑马。骑马在熊本并不贵，一万五千日元可以骑四次，一次三十分钟，三十分钟足够出一身汗，让我心满意足。马课结束后，我穿着骑马裤去父亲家，给他做早饭。冬天的早晨幽暗寒冷，盛夏炎热，我在熊本期间，这样度过着每一日。去上马课就像学生时代参加马术社团做晨练。就这样，我回到自己家后也练习，吉斯顿帮上了大忙。

吉斯顿？对对，是我放在熊本家中的心爱之马。在别人看来是普通骑马机，在我眼里却是名门血统的纯种，赛马场退役下来的明星，一身栗毛泛着黑光。

吉斯顿是两年前我在网上看到的，售价才六千日元，这么便宜岂可错过？吉斯顿来到我家，我欢喜地骑了两天，一边看电影一边骑着它。骑得太多，以至于犯了恶心。这种骑马机通常设定一次练习十五分钟，就是在提醒使用者，练习不能超量。我做什么都过火、收不住，这是我的坏毛病。

那之后，吉斯顿就成了放衣服的地方。去年夏天重燃骑马热情后，它也复活了。这次它的使命是帮我复习。吉斯顿的动作当然是典型的骑马机，我不会没完没了地骑它。我每天默想着早晨骑过的真马的动作感觉，做着复习，第二天骑术就会有进步。可是一旦回到加州，身体记忆渐失，又退步回到从前。我在马术上始终处于停顿不前的状态，所以才有了这匹贝拉米，我想用它在加州做练习。

照这么说，那我在加州也去骑马不就好了吗？就像在熊本也去上尊巴课，这些我都想过。

调查了一下，目前我这种往返两地、居无定所的生活不能买这些课。骑马和尊巴都是为当地的定住居民编排的课程。我如果像在熊本跳尊巴，健身俱乐部入会费三千日元，每月会费九千。即使我有一个月不回日本，钱也必须照交。我是欧巴桑之前还是精打细算的主妇，这些钱让我肉疼。

如果在加利福尼亚上骑马课，也是每月缴费。一个月四次，折合两万日元。而且不像尊巴课我可以一句话不说地去上课，默默跳完立刻回家，骑马俱乐部要护理马匹，要和俱乐部职员对话交流。护理马匹我能做到，一想到要和陌生人交谈，就觉得无比麻烦。

我一直以为，之所以我在加利福尼亚没有去骑马，是因为太贵和嫌麻烦，最近才察觉并不完全是这样。

我在熊本的每一天都忙于招呼父亲生活起居。早晨过去照顾他吃早饭，中午过去照顾他吃午饭，晚饭有护工帮忙，但饭后我要过去陪他看电视。这中间我挤出空隙时间，回自己的房子工作、睡觉。

我爱我父亲，我们父女关系很好，但最近我们之间的关系越来越难维持。即使我在他身边，他也只是一直盯着电视屏幕。我找他说话，对话总是进行不下去，他对我的话不感兴趣，所以我也不抱任何希望，不指望他能和我对话，只默默地照看他吃饭，默默陪他凝望电视画面。

迄今为止，我这辈子一直生活在家庭里，从来不知道没有家庭、没有家人的生活竟然这么寂寞空虚。

如果我留在加利福尼亚一个月不回熊本，父亲的状况就会急转直下。如果我回熊本，也只能空虚地度过两三个星期。所以无论前一夜忙到多晚，第二天早晨六点钟，我都用尽全身力气爬起来，用尽全身力气去触摸马的身体，感受马的温暖。

回到加州后，我有家庭，身边有亲人，能定期去上尊巴课，这就足够了。不用煞费苦心地去渴求那一点马身的温热。

缓慢地

走下坡道

路上荒蓬丛生

终于坚持不下去了，我的发际和两鬓已近全白，不得不去染黑了头发。

变白的不仅是发际和两鬓，在厕所低头看看，阴毛也白成了一片。看着看着，我想起死去的母亲那白色阴毛的下体。

与其说我与母亲相似，其实长着白毛的女人下体，只有母亲的，我看过很多次。虽然我在温泉和公共浴室一定见过其他人的，但丝毫没有印象，只有母亲的身体鲜明地刻在我的记忆里。她卧床不起之前、之后，我都见过无数次。

我在自己身上发现的第一根白发也是阴毛。心中一惊后，马上拔掉了。那早已是遥远的往昔，从那时到现在，白发花了很长时间，渐渐蔓延上了头顶。

我的友人们早就在染黑头发，我倒觉得任其白下去倒也不错。

大约四五年前，我把长发梳成辫子，盘了一个发髻。卧床不起的母亲那时已经神志不太清醒，看到我的样子后，她说："还以为你是阿婆呢。"阿婆指的是母亲的母亲，即我的祖母，祖母总是梳着这样一个发髻。母亲说："你真像她啊，阿婆在你这个年纪，就是这个样子。"

母亲是祖母年过三十后才生下的孩子，就是说祖母五十几岁时，我的母亲正青春。就她那个脾性，不可能没有叛逆反抗过。正因为是那种性格，她一定在心中反抗了，却没有挂在脸上，只憋屈成了满心愤懑。

母亲说这话时，她的发型是卧床不起的老人都会梳的超短发。母亲自从过了更年期，发型越打理越短，最后理成了宝冢男役一样的中性发型。母亲第一次脑梗死就是在美容室里刚做完头发时发生的。等她的发型变成无可再短的寸头时，她完全不在意了。美还是不美，都去他的。这是她的终点，她没犹豫害怕过。

那之后，我放弃辫子，改烫了卷发。接下来，白发渐增。在好朋友 E 元的影响下，我决定去染头发。

每次我去东京都住在 E 元家。我们在同一个洗面台前快活地聊着天、化着妆。E 元年轻时演过戏，很会化妆，手边有各种各样的化妆品和饰物。我每次出门见人谈工作时，都从 E 元的橱柜里借用这个、借用那个。E 元根据我的打扮，推荐给我饰物，我都听她的。我用她的口红，戴她的饰物，身上的东西只有内裤是自己的，仿佛回到了借衣互穿的少女时代。

几个月前，我们在洗面台前的镜子里打量着对方，我说："虽然白发越来越多了，欧巴桑度渐涨，但这么下去也挺好的。"E 元却说："比吕美啊，我们女人头上有了这么多白发，不是越来越欧巴桑，而是越来越像老头了。"

我绝对不想老头化，所以立刻跑到美容室染黑了头发。

美容室是个令人脊背生凉的地方。

我看到自己头颈的皱纹里落满了苍老，就像积着泥垢。我明明每天都照镜子。然而，镜子这东西只反映我希望看到的东西。我在自家镜子里还很年轻可爱，化好妆的我，看着比五十六岁年轻多了。不用说，镜中不会映出松弛、皱纹和满头白发，然而美容室的镜子照出了我的一切。每一处细节上都叠映着我死去的母亲、我年迈的姨妈、我四十年前死去的祖母。

家里的镜子上也会不时浮现这些脸。在我描眉、画眼线的时候，她们短暂地出现，又默默消散。而美容室的镜子上，她们一直都在，浮雕一样永存在我脸上，让我不禁哀叹。

染发的同时，又稍微剪短了头发，烫了卷发。染黑的效果确实很好，卷发看起来糟糕透顶，简直像黑道大哥的小卷儿方平头，分明是欧巴桑乘以老头子。K是我信任多年的美发师，我对他说，不希望自己看上去像个老头，难道他听反了？给我做了一个老头卷发？抑或，在发型专家K眼里，向老头进军，才是更年期女人应该找准的正确方向？

烦死了。越是这种时候，头发长得就越慢。

　　前面已经写过，北美有种叫作 Kombucha 的东西，其实就是日本过去的红茶菌，我已经热衷很久了。有一天我突发奇想，想自己培养，就在喝剩下的红茶菌瓶中放了糖和红茶，拧紧盖子，回了日本。结果大家可以想象，两星期后我回到加州，得到了一瓶发酵得恰到好处的 Kombucha。

　　一打开盖子，就听见清爽的漏气声，"嘭唰"，好似开了一瓶香槟，说明瓶中发酵产生了气体。砂糖的甜味被分解，口感圆润而柔和。而且瓶中有货真价实的滑溜絮状物，一般市面上卖的里面可没有这个。七十年代的母亲们就是被这种絮状物征服的。

　　一旦尝到了成功滋味，我又用这瓶做底子，往里面逐次添加了一般市售的 Kombucha 和红茶，开始增殖培养。放多少砂糖，每次我都是随心所欲，没有固定量，做出来的有时候超级甜，有时候过分酸。我尝试着用塑料瓶培养，做了几次都是一个结果，发酵的气体会导致塑料瓶变形。

做过，错过，错后重来，我早习惯了，这辈子就是这么过来的。

我在网上搜索，确认了一下做法。关于Kombucha，有数不胜数的英语网页可以参考。读过后我发现，果不其然，我的做法不太对。

首先，瓶盖不能拧得太紧。应该使用广口容器，用市售 Kombucha 做底，加入九成水和一成砂糖做成红茶。一成砂糖啊！会甜死人的，究竟有多高的卡路里你们知道吗？可是吐槽归吐槽，不放糖的话无法发酵，无糖和人工甜味剂都不行。我闭上眼睛，不去考虑卡路里数字，把大量砂糖倒进瓶子里。侥幸期待发酵之后砂糖不再是砂糖，卡路里会凭空消失。瓶口用布蒙好，留下呼吸的缝隙，在荫凉不见光的地方放置两个星期。

这个方子我喜欢，很随意，尤其喜欢"留下呼吸的缝隙"，就好像在养一种动物，和养金鱼、养蜥蜴差不太多。

广口瓶放在我的工作间里。我一天要在这里度过大半时间，狗和鸟也在这里。房间里一股狗味儿，飘着狗毛、遍布鸟粪的书架角落里，放着广口瓶。书，也是栖息在此的一种生物，在慢慢增殖。

虽然只是一个玻璃瓶，却存在感十足，让我感到微生物正在里面生存繁衍着。如果侧耳倾听，似乎能听见呼吸声，以及一种窸窸窣窣的声音。我一天感叹好几次，"它们都活着呢，就在那里面，真可爱啊"。

微生物特别好养。我不断往里头添加新红茶。菌种最初只是在水中浮游，现在厚重了很多，像一块黏滑的灵芝，相当可观。发酵好后，分装进小瓶子里，拧紧盖子，静置一个星期。一星期后拧开盖子，就听见"唰"的声音，瓶中出现了恰到好处的气泡，喝起来圆润而爽口，非常舒畅。

有时候也会失败。大广口瓶连续静置了四个星期，发酵过度，甜味消失了，味道像陈醋。也许可以做沙拉浇汁，或者当寿司醋，不过我没有尝试。

前一段时间，我回日本时"走私"了两瓶 Kombucha，送给了好朋友 E 元。因为前一次住她家时，我曾热烈推荐了 Kombucha。她本来就喜欢发酵类食品，津津有味地听我说完，说想尝尝，让我下次带一瓶。她还对我说，其实她也在做类似的事情，也相当可爱。她给我看了一块养在塑料盒里的盐米麴，小小的，让人怜爱。

E元当场拿出猪肉，简单煎了一下，佐以盐米麴，端给我吃。太好吃了。咬一口，仿佛在咀嚼新鲜水灵的微生物。只不过发酵了一下而已，食感就超越了食物范畴，充满了力量，鲜活而充沛。

至于具体效果。红茶菌在七十年代被狂热追捧后，开始出现毒性说，流行大潮随即减退、消失。后来研究证明红茶菌并没有毒，但也未证明它有什么特别的健康疗效。

哼哼，没喝过的人才会这么说。欧巴桑们！都去喝喝试一试！它消解便秘，会在身体各个部位沸腾冒泡，仿佛在身体里不停歇地生长着。它仿佛容纳下了我的身体在逐渐衰老的事实，赞同地拥抱着真实的我，为我打开了一扇新的大门。

感谢老天
日日颂咏
白麹发酵经

Kombucha 养在广口瓶里，所以名字叫瓶瓶。

前一阵子我做了绿茶版的，喝起来像芦荟汁，苦苦的，很爽口。红茶版的滋味更复杂莫测，想必红茶本身是发酵茶的原因。清爽口味就算了，我喜欢发酵带来的激烈沸腾冒泡感，所以一直在做红茶菌。

瓶瓶的旁边，是我最近开始做的盐米麹，名叫小麹。

早就有很多人向我推荐盐米麹的好处。一个偶然机会，我与新结识的人说起米麹，得知了做盐米麹的正确方法。加利福尼亚买不到新鲜米麹，可以去 N 屋（这边日本人都去的日本食材商店）买干燥米麹。我去 N 屋看了，果然在味噌货架旁边找到了装在类似酸奶容器里的干米麹。

先把米麴放进密封袋里，加入适量盐和水，封口揉搓。揉搓的过程里，米麴开始发生变化，变得厚重，粘连成块。好像一个生命从我手中诞生了。米麴恍若海蜇，沉浮于混沌之中，这一切，慢慢会变成一个真正的发酵世界。

话虽如此，盐米麴一旦放入冰箱，发酵就终止了，不对，也许发酵还在继续进行，只是我感觉不到了。小麴变得沉默不语，彻底变成了一种调味品。

下面来说米麴的用途。

最初几天我能想到的用法，也只是给纳豆调味、用黄瓜蘸着吃等有限的几种。

那时我还头疼，做了这么多盐米麴怎么处理啊，慢慢就想到了腌酱菜。我把米麴分成小份，放进黄瓜里静置一天，等着看效果。

效果出乎我意料，非常好吃！虽然很咸，却是无比熟悉的老滋味。我接着腌了很多。米麴里水分变多，咸度也随之变淡。我腌了芜菁、胡萝卜和小萝卜。

日本友人告诉我，把盐米麴和酸奶混到一起，做唐多里烤鸡非常棒。我混合了盐米麴、酸奶和酸奶油，加上大蒜和生姜，腌制鸡肉一天，烤过之后焦香又美味。鸡肉非常柔软，表皮香脆，啊，不光如此，该怎么形容呢，醇厚？绵软？我想这就是米麹的功效。

成功一次后我来了兴致，接下来腌了鱼。盐米麹用味淋[1]和料酒调开，放进鳟鱼块里。在常温下放置一个白天，让其自然发酵，烤过之后焦香又美味。烤焦的米麹香气扑鼻，是我以前吃过的滋味，究竟是在哪里吃到的呢，可能是哪家正宗日本餐馆里的西京渍。如此说来，西京渍的腌料不就是加了大量米麹的味噌吗，和我家没加味噌的小麹很相近。

我住在南加州，所谓的日料只有加利福尼亚卷和照烧鸡肉。在这片美食沙漠里，我也能吃到类似西京渍这充满文化意义且滋味高妙的食品，而且是我借助发酵的力量自制的，这是一件多么振奋人心的事。

所以，我现在是发酵教的信徒。只要遇到熟人，就会抓住对方，传播 Kombucha 和盐米麹的美

1　甜米酒。

德。早晚有一天，我得用尽心血写一本《白麴正确发酵经》。

我做盐米麴渍鳟鱼那一天，看在夫的面子上，我还吃了奶香烤土豆（耐热烤盘里铺上切成薄片的土豆，注入热好的牛奶，淹过四分之三的土豆，在烤盘里四处散放一些黄油块，中火烤制三十到四十分钟。啊，不小心就把做法也写出来了），味道也非常好，我想配着白米饭一起吃。

腌过的鸡肉和鳟鱼，仿佛身体细胞先被彻底分解，形状发生变化后，又重新组合到了一起。它们先腐坏，作为食物先死了一次，又被带入另一个生的世界，进入人的嘴里，被咀嚼消化。这个过程里，我感知到了生与死、过去现在与未来、进与出。我那吃着盐米麴酱油拌纳豆、喝着Kombucha红茶啤酒和葡萄酒的身体，总有一天，也会加入这种变化里。

第三次做盐米麴料理，是用盐米麴、酱油和味淋腌了鸡肉。没想到，夫说出了一句炸弹发言。

他说他讨厌这种口感，黏糊绵软，活似纳豆，百分之百的日本人口味，他受不了。

这几个星期里，我被盐米麴迷倒了，整天想着

147

发酵的事情，根本没在意他的味觉感受。我像在谈恋爱，夫拦路挡住我的热恋，给我泼冷水，既不懂情趣又很粗鲁。可是没办法，就算文化背景不同，亲人毕竟是亲人，我在为亲人做饭，只有暂时放弃小麹。等夫死了，我再接着耽爽吧。

我在美国某大学做的诗朗诵，被上传到了YouTube。诗朗诵。朗诵之前，还有一段我和友人杰弗里·安格斯[1]的对话。

看过视频后我深受冲击，朗诵暂放一边，对话太让我震惊了。迄今为止，我还从来没有客观地听过自己的英语。

唉（长叹），原来我一直到处说这种英语啊，羞惭死了，不忍直视，无比震惊。我说英语的时候张不开嘴，嘟嘟囔囔，口音严重。

唉（长叹），我原来有这么重的口音。

至今为止十五年了，不对，将近二十年了，也许还要长，我说着英语一路闯荡过来。我拼命说着

---

1 美国学者，西密歇根大学教授。

英语，我的英语几乎都是用耳朵记住的。我一直以为自己能原封不动重复别人的发音，夫说过的话，周围其他人说过的话，我都照样学了。没想到结果居然是这样，我的发音吐字和他们完全不一样。

以日语为母语的人都有一种共通的口音，就像乡民中蔓延着的特殊地方病。虽然这些人之间存在着英语能力高低差，以及口音的强弱，然而，所有人都贯通着同一种口音，统一得简直可笑。

关于在美国使用英语的生活体验，我想说的很多。对于即将进入这种生活、要为之所困的人，我有很多智慧窍门想传授；对于当地以英语为母语的美国人，我有很多不满。

我的女儿们总是说"妈妈的英语有种尤达大师味"（虽然说的是英语，用的却是日语语序，而且毫无愧色），"妈妈说的英语是 Engrish"（日本人的宿命，R 音和 L 音分不清）。我的词汇量也不行，说不定我根本不擅长横排文字[1]。

举例说明：

"我去把这个放进 compost（堆肥）里"，有时

---

[1] 日语是竖排文字，英语是横排文字。

会说成"放进 composer（作曲家）里"。

明明我想抗议，"不要用这种 sarcastic（嘲讽挖苦）的语气"，却说成"不要用这种 psychiatric（精神病学）的语气"。

我想批判夫，"You！是个 hypocrite（伪善的人）"，嘴一滑，说成了"You！是个 hepatitis（肝炎）"。

到了这种地步，再正经的对话都会变得滑稽。

我 R 音和 L 音分不清，这一点女儿们早就默认了，虽然她们总是笑我。我夫，关于日语，他毛都不会！却时常嘲笑我的英语能力，有时让我感觉他在轻蔑，在俯视，为此我没少和他吵架。

在遥远的昭和时代里，我明治年间[1]出生的祖母分不清巴拿拿和巴拿马，分不清沙发和苏打。那时家里人都笑她。我记不住横排文字，是她的遗传。

无论别人怎么嘲笑我，我都笑着应付过去了，从未介意过。因为和他们相比，我的日语好到飞起，三个女儿的日语也都溜溜的。老大和老二来美国以

---

1 1868 至 1912 年间。

前，在日本上到了小学高年级，这自不用说；老三小留的日语，是我花了无数时间和心血教出来的。小留现在一不注意就会用英语回复我的日语问题。遇到这种情况，我马上严肃要求她用日语，她就算不太情愿，也会乖乖换成日语。

女儿们口中的日语比英语幼稚多了，不懂敬语变化，不会用礼貌体，更不懂汉字词组。大女儿鹿乃子平时的生活环境里没有日语，她的表达最幼稚。有时我和女儿们相聚，她们噼里啪啦地说着英语，我要求她们用日语说，三人就会老老实实地换过来。

三个女儿个性不同，说着各自等身大的日语，说着等身大的英语。用这个思路回想一下我的那些说着英语的日本友人，就会发现他们每个人的话中都流露着性格、生活环境和人生路径，与他们等身大。

话题再回到 YouTube。

原来我的英语那么蹩脚。原来那就是我的样子。所有元音和辅音都含混不清，粗鲁又马虎。如果地上有洞，我真想钻进去。

十五年间，我说着这样的英语，作为移民在美国生活着。即使粗鲁，即使马虎，即使带着严重的口音，从我口中滑落的英语，一字一句彰显着我的性格。每一个字每一句话，都让我想起十五年来的艰辛。

　　我有了一个了不起的新发现。我活了五十六年，经历了人生悲喜，已经很少会吃惊了，可是这个发现让我很惊讶，感叹人生还有很多未知。这是一个关于怎么和夫相处的大发现，非常有用！各位女汉，你们要听听。

　　前一段时间已经写过，我和夫一起上健身课，锻炼肌肉的时候一起默默无语地盯看电视屏幕。有一天我休息，没去上课，夫回来后给我详细讲解了一遍当天看来的网球比赛，打心眼里认定我是非常想看那场比赛的。就在那时我发现，男人这种生物，只要你待在他身边做着什么事，哪怕并没有说话，他也认为这是一种非常亲密友好的对话交流。

　　其实我们夫妇关系并不算好。夫经常劈头盖脸一通理性讨论，说着说着就发展成了吵架。我永远看他不顺眼。这人固执、自私，自以为是顾家好男人，其实屁啊，根本就是一个对我的生活方式全面不满意的男人。如果他不在，我的生活（以及精神）将会多么轻松！不是经常有那种说法嘛，并不和睦的夫妻之所以没有分手，是因为"有孩子"，以及"太麻烦了"，我家也一样。

尽管如此，前几天夫忽然对我说，"最近我俩关系很融洽呀"。确实，仔细想一想，我们最近没有大型吵架。也许，理由是尊巴吧。看到这里大家会说，你这是什么逻辑，怎么和"大风一吹，木桶屋的生意就特别好"[1]一样？别急，听我慢慢说。

我以前是个夜猫子，但加州的尊巴是早课，早晨八九点钟开始，所以，当习惯早睡早起的夫上床的时候，我也会上床。不光这个，还有肌肉锻炼课程，以前我觉得一起练习的意义不大，所以不太热心，有时去有时不去。在尊巴课影响下，现在我开始认真锻炼肌肉了，就是说，我和夫默默无言一起

1　日本谚语，形容两个看似没有关联的事情其实存在因果关系。古时大风吹起尘土，人们容易害眼病，有人会眼盲。眼盲的人要想活下去就去当盲眼艺人，学演奏三味线琴卖艺，三味线琴就会畅销，三味线琴上包的皮革是猫皮，这样一来猫的数量就会减少，老鼠就会增加。老鼠咬坏了木桶，于是木桶屋的生意特别好。

做着什么的时间增加了。看到这里大家会说，太幼稚了吧，又不是三岁小孩玩沙。别急，听我慢慢说。

我在文章里一直叫他夫，其实我们并没有办理法律手续。大家都知道，这种专栏文章有字数限制，如果我认认真真叫他"生活伴侣"（四个字），或"同居人"（三个字），太占字数了。夫就一个字，可以给别的字腾地方。

无论是否办过正式手续，我们过的都是普通夫妻生活。在同一张餐桌上吃饭，共享苦乐，有孩子，一起参加家庭经济建设，有时吵架，有时性交。

我和他都有过多次婚史。即使没办法律手续，自称夫妻也没什么问题啊——这么想的只有我自己。他心里有抵触。他是老派人士，向别人介绍我时，"妻"字说不出口，"伴侣"二字也别扭，总是嘴里咕哝一下混过去。他一含混，别人就生疑，我跟着心里憋屈。我这种外来移民处境本来就不容易，我说着口音严重的英语，不知道我们关系的人经常小看我，让我生气。这种不满积累得太多，好几次听到他含混不清后，我不由得带着怒气，严正纠问他："你说说看，Partner，伴侣，这都说不出来？！"

夫是个艺术家，工作中毒症患者，从早到晚憋在他的房间里工作。我们只有每天晚饭时间才面对面。我好像在和一个隐居者共同生活。别人的丈夫和妻子一起修剪花园，一起购物，他不行，家里有狗他都不带出去遛。我家就在海边，我们从未在海边散过步。不仅如此，他的嘴还特别笨，不会日常交流，一张嘴就是理性讨论；讨论进入白热化后，就发展成了吵架。

美国宪法规定夫妻要睡在同一张床上（我开玩笑的），所以我们睡在同一张床上。他聚精会神地看书，那么我也看书。我找他说话，他不情愿地扭过脸，哼唧几声就敷衍过去了，马上又死盯着他的书，最终给我一句晚安，关灯睡觉。那我转过身子，脊背冲着他，打开床头灯继续看我的书。

就这种生活状态，他竟然说我们两人之间有交流。我马上否定："并没有。"我对他不满很久了。我们究竟为了什么在一起生活啊，为了什么才同居的啊，这绝对是我的最大不满。

当我把尊巴课当成生活中最重要的事项之后，

不知不觉间，能心平气和地与他躺在一起，和他一起看电视了，所以我们现在和睦而友好。没想到事情居然会这样，感觉也还不错。

巨人队的比赛

结束了

灯光熄灭了

父亲死了。现在我在哭。

"第一次看见妈妈流这么多眼泪。" 大女儿鹿乃子说。她正好怀着七个月的身孕，和伴侣 P 一起来日本，两人本打算度蜜月的，鹿乃子把伴侣介绍给祖父，从祖父手里接过红包，"哇这么大一个红包啊谢谢祖父"，第二天，父亲死了。鹿乃子的伴侣与祖父第一次见面，第一次参加了异文化葬礼，从收殓到下葬，他一直在帮忙。

母亲死时我没有哭。因为想着身边还有父亲，再说我们母女关系不太好。

母亲从来不愿意理解我。不过等我长大成人之后，忽然发现，也许是她没有能力理解。母亲卧床不起之后，我们的关系反而变得融洽了。因为身体极度不自由，想必她放弃了一切，性情随之温和起来，朴素而坦率地接受了我。但是她死时我没有流眼泪，心里也不悲伤，只是感慨她坚强地活了那么久，一路上辛苦了。

母亲卧床不起五年，死后三年，合计八年。这八年间，父亲一直独居，我是他的精神靠山。我拼了老命在加利福尼亚和熊本两地之间往返，仿佛有谁一直在我耳边大声喊，如果我不回去父亲马上就会死。最后几个月里我们都走到了极限，父亲衰老，我精疲力竭，但我心里一直在想，这种生活还会持续下去，我还有力气。

我回到父亲身边，就意味着要离开加州的家人，照顾不了他们的生活。被我抛下的家人，尤其是正在青春期、身边需要母亲的小女儿，让我格外牵挂。我心里一直有遗憾，我没能在身边陪着他们啊，无论是父亲，还是自己的家人。

同时也可以这样说。

我为父亲两地奔波时，就离开了家庭。与夫保持了恰到好处的距离感。夫一句日语也不懂，当然也理解不了我的世界。我独自奔波在路上，拥有了一个只有我自己的世界。多亏父亲，让我保持了这种平衡。现在这个世界塌了。

父亲八十九岁，在寿命上没有不足，我也从未希望过他永远活下去。可是眼泪怎么就停不下来呢？不是的，并不是寂寞或悲伤的眼泪，是我无限怀恋父亲。单纯的怀恋。我想他。单纯是眼泪停不下来，眼泪源源流淌，汇入了一个漆黑的深洞。有时，明明我正在和人普通交谈，不知怎么按键就被触动了，眼泪不由自主地淌下来，犹如花粉症的症状。

　　我平时端得很稳的。可现在就像鹿乃子说的，居然哭成了这样，连我自己也很惊讶。

　　父亲刚死时，我以为终于有时间坐下来专心工作了。没有这回事。很长一段时间里我始终在发呆。我原本没有想过要写父亲，可是不能不写，我想把他写下来留在文字里，等终于开始动笔了，写着写着又会哭出来。一直处于写了哭、哭完继续写的状态。

　　父亲是巨人棒球队迷。很久很久以前，我和一个狂热的阪神棒球队迷结了婚，父亲主动说："我已经看透巨人队了。不迷了"。父亲在女婿面前，把电视频道换到阪神队的比赛直播上，嘴里说着巨人队的坏话，给阪神队加油。

我对棒球不感兴趣。但这八年间，我勤快地回熊本照看父亲，发现父亲最希望我为他做的事，就是陪着他看电视上的棒球比赛直播。看着看着我才明白，父亲是一个多么根深蒂固地爱着巨人队的球迷。那几年他伪装成阪神迷，都是为了我。

在熊本的夜晚，我陪着父亲看棒球比赛。在加利福尼亚，我把"职业棒球信息"设定成必看栏目，每天都要扫一眼比赛结果。电视上没有巨人队直播的时候，我在加利福尼亚的深夜看着网上直播，用电话给父亲讲解比赛过程。

去年巨人队状态不好。今年赛季一开始也出师不利，输得一塌糊涂。那时父亲已经很虚弱了，他用不清楚的口齿，心有不甘地抱怨"原[1]根本不行""我再也不给巨人队加油了"，这些话至今还清晰地回荡在我耳边。

这几天巨人队状态极佳，连胜多场，相关新闻报道都言辞兴奋。多么想把这些都告诉父亲啊。不行，我又要哭了。

1　指巨人队的原辰德教练。

数不清这是第几次写尊巴课了，可见尊巴是我生活的基轴。现在每周一、二、三、四、六、日，一共上六次尊巴课。星期五不去，是因为教室休息，不休息的话我肯定也去。

数不清写过多少次了，尊巴是一种扭动腰部的跳舞健身方式，大体上可算有氧健身操，有氧操基础上加入了曼波、萨尔萨和探戈的动作，加入了肚皮舞和草裙舞的姿势，配合拉丁音乐快速扭动腰部，舞步里还有模仿体力劳动以及格斗术的动作，比如收割甘蔗，把砍下来的甘蔗递给别人，抓住飞来的箭，踢人，揍人……

用万步计测量了一下，一节尊巴课大约七千步。一节课上完，我脸热得通红，好似煮熟的章鱼，大汗无休止地流淌，胸罩、内裤、T恤和袜子都湿透了，像洗衣程序进行到一半，尚未甩干。

我已经连续上了十个月尊巴课，我愿意相信自己稍微减了些肥肉。然而目测后，体形毫无变化，牛仔裤尺寸也还是原来的号。脱光了打量，肥胖松垮一如从前。唯独不同的是，这种肥胖松垮，以前是"哎呀这是什么肥肉啊"，现在变成了"唉没办法认命吧你都五十六岁了"。现在的问题是体重，十个月了，体重不见增减，这个事实让我很不满意。

上了十个月课，认识了很多熟脸，都是欧巴桑，上课都很认真勤快，但没有一个人通过大跳尊巴而减了体重。她们的形体远比普通日本人肥胖，热烈地跳了这么久，流了那么多汗，也没见瘦下去。

所谓运动，不就是为了瘦下去吗？瘦，不就等于减轻体重吗？正因相信能通过运动瘦身，我们才咬牙坚持的呀。不对，尊巴不用咬牙，没那么痛苦，是非常愉悦的，所以才瘦不下去？

你说什么？身体脂肪率？

道理我懂，我是欧巴桑，比起脂肪率这种无形的东西，我更相信自己的眼睛。其实我家体重秤上有脂肪率显示功能，我站上去测量时，老花眼看不清底下的小字，这样一来，越发不愿相信肉眼不可见的数字了。

我用"做着运动"和"却瘦不下来"上网搜索了一下。出来很多答案，原因有以下这些：

"运动方式不对"，"坚持下去才能瘦"，"能量转化成了肌肉，肌肉比脂肪重"，"更年期后的妇女瘦不下来"。最多的答案是，"饭量超过了运动量"。

老子吃得并不多！我冲着电脑屏幕吼。

至少最近一年来，我的饮食质量和数量都没有变化。然而一年来运动量直线增加了，无论怎么计算，数字都对不上。想不通。

我对 T 教练（夫的教练，没办法我也跟着一起练了）诉苦。对对，就是他，就是不久前告诉我无情事实的人——"不减饭量就别想瘦"。我坚持说和运动前相比，我的饭量并没有增加，他来了一句，"那就吃点更健康的食品"。

什么？你一个美国人！好意思跟我说这个？我可是在清淡饮食文化中长大的日本人，就算用美国方式生活，分寸节制还是有的。也许我这十年来增加的体重，正源自美式饮食的油腻和高糖。即便如此，我家的饮食搭配偏日式，非常健康，和普通美国饮食是两码事。

我家每餐基本搭配是米饭和配菜，有大量蔬菜，调味清淡。我喜欢白米饭，然而并不会一次吃几碗。我喜欢甜食，但有节制。奶油包？我喜欢啊，并非每天都吃。啤酒是戒不了的，一天只喝一瓶。

什么？这就是原因？

我立刻去搜索了啤酒的热量。我喜欢口味浓郁的，一小瓶大约 200 千卡。唔……不算少。两瓶喝下去就是 400 千卡，三瓶 600。莫非红茶菌也是肥胖元凶？毕竟为了发酵，里面放了大量砂糖。而一节尊巴课消耗的热量，不到 500 千卡。

去他的！（掀桌）

人究竟为什么而活啊？体重吗？

我为了活下去而活。体重？一边儿去吧！

　　新买了一双尊巴舞鞋。一年前买的鞋子已经穿烂了。课上有个人穿着一双舞蹈专用运动鞋，看上去很不错。我也想买，就去了运动商店，问年轻的男店员，有没有尊巴舞的专用运动鞋。年轻男店员听后仰天："噢！尊巴！我妈也迷得正上瘾呢！"

　　这话我不爱听，伤心的同时也看清了现实。

　　其实我早就察觉到了，观察一下同班同学就知道，欧巴桑和老太太尤其热衷尊巴舞。

　　当年裴勇俊狂潮席卷了一代日本欧巴桑时，我都挺过来了，安然无恙。没想到，此时此地，我却迷上了尊巴。身边这群女性同伴，若说她们是裴勇俊的狂热追星族，也毫无违和感。

　　同伴里有一个与我同年代的日本女性，最开始就是她带着我来跳尊巴的，结果我陷进去出不来了。

现在我们班上天天见面，她不知从哪里搜集来每天课上放的歌，给我拷了一张 CD。

我在车上放这张 CD，小留听后很惊讶："妈你怎么会有这个？！"

据她说，一半是她不知道的西班牙语歌，另一半是她也常听的 Pitbull、Shakira 和 Usher 之类，都是广播电台常放的嘻哈和说唱乐。我问她歌里都唱了什么，小姑娘用平静彻悟的表情说："大多数是'我想和你上床'。"

我就知道是这样！我听不清的歌词表达的都是这个意思。我虽然不懂西语歌词，想必比 Pitbull 更过激，男的浑身健美肌肉，女的性感香艳，歌词里一定在全面讴歌这个。

一节尊巴课五十五分钟。乐声一响，所有人做着同样的动作，疯狂扭动腰肢。

说起来很不可思议，我活到现在一直有个信念，认为没有必要和别人一样，我该活出自己的个性。可是现在，我却在用尽全力，做着和别人一样的动作，眼睛看向与别人一致的方向，做同样的抬手和踢腿，如果动作与其他人稍微不一样，还会觉得难堪。这种羞耻感，分明早在我青春期后就消失了。

我一直认定自己不是首席明星，而是个性配角，人生舞台上有我展示演技的地方。如今年过五十，却迷恋上了动作整齐划一、不差分毫的群舞（请参考山岸凉子等人的芭蕾舞漫画）。

另外我想不明白的是，我这辈子谈过恋爱，离过婚，什么是男人什么是女人，长久思考后我心里已有定论，而且绝不是"只要有性伴侣，只要扮靓，只要身边有男人，就能得救"之类的结论。那为什么现在却不一样了？为什么现在我跟着"姑娘们！都性感地扭起来"的指令，在时而露骨时而隐晦、总之在号召"让我们激情大干一场"式的歌曲节奏中扭动得忘乎所以。

看看四周，都是年龄相仿的中老年人。我们活到现在，经历了人生中无数的辛苦麻烦，早已过了性的鼎盛期，有一张说着"是啊，我就是欧巴桑"的熠熠生辉的脸，扭着松弛的腰身，舞动得快活而疯狂。

尊巴课有好几个教练，最受大家欢迎的是个看上去三十五六岁的女教练。她脚下舞步不停，脸上笑容不断，口中一直发着高声，腰肢扭得格外妖娆，鲜活而有风情。她是我们的太阳，我们的女儿，我们的偶像。跟着她的快活舞步一起跳起来，我们会下意识地觉得，我们从前也曾这么水灵，跳得和她一样狂野好看，和她一样可爱。那时我们还有月经，在和谁上床做着爱。

这时我心里有了疑问，换成男教练又会怎么样？这种课程里会有男教练吗？

尊巴课班里混着几个男学员。在这种健身操上，一群女的跳得大汗淋漓，教室里一定充满了女人味儿，可这几个男的并没有退缩。有时教室里人多，只有这几个男的身边有空地，我觉得别扭，不太想过去，只希望他们别来。

"尊巴因为女教练所以才有意思。"我说。友人回答："不完全是这样，某某俱乐部里就有男教练领舞哦，听说特别有意思，下次我们也去看看吧。"

唔……

"犹豫什么，我们一起去呀！"

唔唔……让我想一想。

我很犹豫，现在也没拿定主意。不过可以想象一下，一个浑身漂亮肌肉、散发着男性汗臭的男教练在前面领舞，一群正处于更年期的女人，不不，一群几年前就过了更年期、现在正为骨质疏松而担忧的女人，跟着"你想要我吧？我也想干你啊"之类的歌（我翻译的），疯狂地扭着腰，也许对欧巴桑来说，这种光景才是真救济。

巴巴雅卡

立于炎天下

等待着 MG

　　从前我住在波兰时，无论去银行也好，政府
机关也罢，这个社会主义国家办公窗口里的那些欧
巴桑见我是个衣着寒酸的东亚留学生，都没有好脸
色。我当时的丈夫 N 氏，每和欧巴桑们打一次交
道，都要生一肚子气，骂她们是"臭巴霸"[1]。从
他嘴里发出的"臭"字是清晰的，到了"巴"字就
含混得不行。"没办法，这个国家的老太太就叫巴
巴，她们会听懂的。" 于是，我想起来，波兰民间
传说里有巴巴雅卡，就像日本的山姥妖。这个话题
先放下，稍后再提。

　　最近，我的大女儿鹿乃子举行了婚礼。

　　鹿乃子说她想要孩子时我并没有吃惊，她说

---

1 巴霸（ばばあ），日语中对老太太的蔑称。

172

"准备结婚"时，我却很出乎意料。在我看来，婚这东西，结不结都无所谓。我的女儿居然渴望结婚？这件事我根本没考虑过。不过仔细想一想，我在她这个年龄时，想结婚快想疯了。那句话怎么说来着，好了伤疤忘了什么什么？

鹿乃子说她要结婚，不仅结婚，还要改姓名。名字里加上夫姓，两人姓氏中间加一个连线符号。不光鹿乃子，伴侣P也用联姓。时代真的进步了呀，女的男的都能改姓。

"我一直一个人生活，从现在开始，我想和P一起共度人生，为了有新开始，所以想结婚，换上新名字。"鹿乃子说得那么果敢，毫不犹豫。作为母亲我祝福她。

由此，鹿乃子和P决定先要孩子，然后去日本度了蜜月。他们平时工作忙（两人都是看护师），等拿到休假时她已怀孕七个月了。鹿乃子挺着大肚子渡过太平洋，来到日本，蜜月变成了葬礼。我在前面已经写过。

这两个人无论去哪里都紧紧拉着手，好像手心里装了磁铁。他们那么年轻，相亲相爱。跋涉过万水千山的欧巴桑我的观察结论是，人啊，就是在这种时候轻率莽撞地渴望着结婚的。

婚礼计划如下：既然是他们两人的仪式，朋友们也都知道，就不邀请朋友了。他们在一个公园里，邀请P的友人——一个女性牧师来主持仪式，之后在一家小有情调的餐馆吃饭。理所当然，鹿乃子的两个妹妹参加了仪式。鹿夫妇和两个妹妹，还有牧师的丈夫，一共六人。我没有去。最近家中老犬茸茸衰老得不行，简直像我父亲临终前不久的样子，身边没人照看不行（夫不顶用）。

仪式结束后沙罗子发来邮件："非常感动！"黄昏时分的公园里，树木环绕，四周静谧，也不见人影，新人在妹妹们以及女牧师的陪伴见证下，举行了一场温情的仪式。

好了，现在就等婴儿出生了。待到产期临近时，我要把照顾老犬的事推给沙罗子，去看望大女儿。不是去照顾她的产后生活，这是P的工作。依照我的自身经验，一个女人生孩子并不需要亲妈帮忙。鹿乃子肯定和我想法一样，她身边有P在就足够了。

小的东西都可爱（清少纳言说的）。等我抱到小小的MG，一定能尽情疼爱一下，但目前的情况是，我能从鹿乃子身上感知到母女牵绊，却想象不出她肚子里正发生着什么。她说"啊宝宝动了"，我伸手去摸，并没有体会到当年鹿乃子在我腹中蠕动时的惊奇与感动。这还用说吗，孩子在他人的身体里。

我对上年纪变老没有心理抵触，但若要被称为"祖母"，我十万个不情愿。说到"祖母"，三十年来这一直是我母亲的代称。

一想到我要继承母亲身上的"母亲感"和"祖母感"，走上母亲的路，和她一样衰老下去，就不寒而栗。

别叫我祖母！阿婆也不行！英语的Grandma更接受不了，波兰语的帕布查，意第绪语里的布巴，统统不行！b音自带一股老太太味。正当我跺着脚闹情绪的时候，鹿乃子发来邮件。

"妈，你很适合巴巴这个称呼。这个巴，不是欧巴桑的巴，也不是祖母，你就当自己是鬼婆（Onibaba），不就好了吗？"

不愧是鹿乃子，懂得捡我爱听的说。鬼婆Onibaba也好，山姥妖Yamanba也好，都是我小时候希望长大后能变成的角色。鬼婆的巴巴，山姥妖的巴巴，臭巴霸的巴巴，巴巴雅卡的巴巴，这么想一下，我竟然有了点期待呢，被人这么称呼……也不是不可以。

我驾车狂奔了八小时，去看鹿乃子的宝宝。

当我到达时，鹿乃子的肚子还没缩回去，切开的会阴也没有愈合，走路时前屈伸着身子。新生儿以为自己尚在胎中，蜷成小小一团熟睡着，不时做出一些生物的本能反射，伸手指过去，婴儿会吮吸；大人发出响动，婴儿会张开双手。

抚摸着新生儿光滑明亮的皮肤，我的手指显得那么肮脏，黑浊而陈旧。我在哪里见过这种旧，细想了一下，是我母亲的手。二十八年前用同样的动作抚摸婴儿的我母亲的手。

我在父母家生下鹿乃子，那时候刚找到工作的前夫独自留在熊本。那段时间啊，再没有任何一段经历，让我觉得我妈是这么烦人的一种存在。

母亲坚持说她生过孩子，有经验。然而我问她点什么，她又说忘记了。我虽然是第一次生孩子，怀孕期间却看过很多育儿书籍，在育儿方式上我有主见和明确的方向。那就是拉玛泽法、母乳喂养等自然传统的生育方式，应该说我的育儿法是向松田道雄和毛利子来等人学到的。

母亲生我时明明是母乳喂养，可是我的婴儿一哭，她就立刻要喂奶粉，说孩子哭得太可怜了。我这个毫无经验的年轻母亲，脑子里装备了各种育儿经，认定只要喂过一次奶粉，母乳喂养法就不能完全实现。哪怕只喂一次奶粉，我也坚决不同意。

当时，做饭洗衣等家务都交给了母亲，母亲迷信，坚信产妇在二十一天之内不能做家务。我那时年轻，生孩子时消耗的体力一转眼就恢复了，然而母亲坚决不让我碰家务，说在日本文化中，生育乃是秽事，需要远避家人，当然这也是保护产妇的一种幌子。总之二十一天里，母亲说一不二，把我烦死了。

沙罗子是在熊本出生的，母亲从东京赶了过来。我一想到又要度过那样的二十一天，在自己家却不能自由，就加倍心烦。幸好父亲受不了在东京独居，没多久就来到熊本，把母亲接了回去，我提前得到了解放。

十年后我在加利福尼亚生小留时，好朋友E元从日本过来照顾我。

小留那次是最轻松的一次。那时，E元给我做了煮红小豆。豆子还有颗粒感，保留着咬头，口味也不太甜，浇上椰奶吃。那种美味啊，浸润了我产后身体的每一处，我这辈子都忘不了。

所以我给E元打电话，请教了详细做法，并买了上好的有机红小豆，按方子煮好，放进密闭容器里。又开着满载干萝卜丝、羊栖菜、牛蒡、南瓜、纳豆、小鱼干、香菇、昆布和盐米麹，几乎可以媲美日本食材店的送货车，向着鹿乃子的住地疾驰而去。

鹿乃子的伴侣P，是一个能在产假中终日照看妻子和孩子的人（父亲也有三天产假）。婴儿睡得很香，鹿乃子不停地给孩子喂奶，孩子总是吮吸不住母亲的乳头，鹿乃子甚至不知道孩子是否吸到了奶水。她对我说，"妈你帮我照看一下孩子"，说完就和P出门买东西了，压根不把二十一日的说法当回事。

抱着婴儿，我涌上好奇心。

在婴儿焦躁乱动的时候，我把自己的乳房凑到婴儿嘴边。宝宝吸得很用力，但是那种令我无限怀恋的乳汁胀涌的感觉并没有到来。婴儿什么也没有吸到，我忽然想起来，我妈也做过同样的事。她说着"吸祖母的吧"，同样是空空的，乳汁并没有涌出来。

最开始，我本打算在鹿乃子身边多待些日子，就算没有二十一日，两三天也是好的。但鹿乃子家里有健康的宝宝，健康而年轻的母亲，干劲儿十足的父亲，这个新家庭里没有我出场的份儿。这样就很好呀，为什么我母亲就没能意识到这一点呢？

第二天早晨，小留给我手机发来邮件，虽然不至于是"狗病危，速归"式的电报文，意思差不多，茸茸突发脑出血。我疾驰八小时，返回自己家。我走那天，正好 P 产假结束，家里只有婴儿和鹿乃子两个人。我要给狗送终，顾不上那么多了。

狗挺过来了。第二天九点多我才发现，鹿乃子一大早给我打过电话。

我慌忙给她打回去。

"奶水出不来，比我想得难多了。我好久没拉屎了。我该怎么办呀？"电话的那一头，鹿乃子哭了。

　　必须得收拾父亲的房子了，而我打不起精神。

　　这个夏天我在日本停留了三星期。回国之前我想，有三个星期呢，足够干些什么了。实际上一件事也没干成。天气实在炎热，加上快到交稿期限了。交稿日临近时我的生活重心就全是写稿子，别的什么也做不了。再说还有从东北到东京的巡回工作。父亲在世时，我无论去哪个外地工作，最多只在外面住两夜，想尽办法都要回熊本。这个夏天无须考虑这一点了，我在外面连住好几夜。父亲在世时，我无论去哪个外地工作，都会给父亲打电话。"爸！是我呀！"无论我怎么振作精神、大声呼唤，电话的那一头，父亲总是显得很不耐烦，假装耳背听不见，让我心烦，恨得牙痒痒。这样的电话，现在不用打了。

回去之前我有点害怕，父亲不在了，回到他的房子时我会是什么心情。我和前夫分手后，很多年过去了，每次一个人坐着巴士回到熊本，都会寂寞地想：啊，爸爸（以前这么称呼前夫）已经不住在这里了。

但是这次回去之后，其实没有什么特别的心情。只是知道父亲死了。人衰老到只剩一把骨头时就会死去，也只是这样而已。父亲衰老到只剩下一把骨头的过程我都看在眼里，变成一副沉重的担子压在我的肩上。

我没有悲伤，也不寂寞，只觉得拥有了一种空洞的自由。不必从外地焦急地赶回熊本，不用早晨奔去做早饭，棒球直播的时间到了，不看也可以。

今年夏天熊本极其闷热，从梅雨季时就开始下大雨，而且是前所未有的大雨，河川泛滥，山体崩塌，死了人。

我回到熊本后，战战兢兢地打开父亲家的大门，不出我所料，气味非常不好。是那种无处可去的气味，走投无路的气味。一直紧闭着的厕所臭到刺鼻。父亲的卧室则是幽暗的朽气。起居室的地板蒙上了绿霉，那是父亲给狗喂食的地方。狗的吃相不好，到处乱撒，弄撒后爱用舌头乱舔。变化只有这些，其余还是父亲死去那天的样子。家具、空气、墙壁和天花板，都是那天我送父亲去医院时的原样，颜色黯淡了一些而已。

我心里一直放不下两样东西：父亲的画，母亲的和服。

父亲是业余画家，加入了什么画家联盟会，画着非常保守的、一本正经的、毫无情趣的油画。如果他没有放弃画画，就不会在母亲去世后无所事事，被无聊折磨了。父亲的晚年可谓意兴阑珊，说他死于寂寞也不为过。我劝他好几次，可以画画呀？！最终他没有再次拿起画笔。油彩颜料早已干硬，现在还堆积在父亲房间的角落里。父亲喜欢描绘石佛像，那一张又一张描绘着石佛的黯淡又无精打采的画，到底该怎么处理？

母亲这几十年来并没有穿过和服，年轻时倒一直在穿，但她不过是一个街道小工厂的老板娘，没有什么精致的好衣服，只是数量多，柜子里满满的。我想把这些送给表弟家的女儿，表弟却说："姐姐你也有几个女儿，这些你自己收好吧。"怎么收好啊？！

母亲有两个妹妹，穿衣风格、品味和尺寸都相似。母亲去世后，我问姨母要不要衣服，姨母说好的，我把母亲平时穿的用的，装箱寄给了姨母。母亲的各种衣服、手提包、香水和丝巾，都带着母亲用过的痕迹。姨母收下这些，让我省了很多心。只剩下和服，放在父亲床前的和式箱柜里，摆放得整齐有序。我不想拿出来打散弄乱，所以没有寄。父亲那边有兄弟，平日来往不多，如果把父亲的东西寄给他们，他们可能也没办法，所以我没有动手。

原本的计划是这样的：把东西分成有用和无用两种，请专业清理公司上门，搬空一切，装修房子后卖掉。我在第一阶段就被绊住了。家庭相册，未入册的照片，很多餐具，书籍和书架，母亲的梳妆台，父亲的几件摆设和挂轴书画，院子里的山樱桃树……真是的，像落潮之后留在海滩上的垃圾。

父亲的房子位于公寓楼的一层，带一个小小的院子，院里有一株母亲精心栽培的山樱桃树。女儿们求我说，山樱桃树有祖母留下的回忆，让我把树挖出来带回我家。幸好我的房子也是公寓楼的一层，带一个小小的院子。

父亲的狗在父亲死后一直寄养在动物医院里，

之前我回熊本，家没收拾好，唯独把狗领了回来，就像专门为狗回去了一趟。狗现在就在这儿，加利福尼亚我的工作间里，和我家的狗并排躺在一起。既然都把父亲的狗带回加州了，那也应该把母亲的树移植到一个安全的地方，我想。

和服啊，我只记得二十岁时穿过。温泉旅馆的浴衣[1]倒是没少穿，但浴衣不能算和服，顶多是睡衣。我这辈子一直坚信，不用在穿上花很多钱，无论穿什么我都能活得自在又快乐。然而没想到，前不久我的心底深处"砰"地一下子，燃起了一个小小火苗，是业火。女人这种存在啊，生生世世终究要深陷进这样一个美丽目眩的世界，只是迄今为止我一直不知道而已。我原本打算把母亲的和服送给别人，燃起的业火让我心念一转，现在都自己留下来了。

盛夏某日路过岩手县花卷附近的东和町时，带路的友人说，不远处有一个很有意思的地方，既然

---

1 贴身穿的便和服，多为纯棉质地，穿法简单，售价便宜。

顺路，就去看一下吧。我就被友人带到了小镇中心一座颇有古风的住家内。"有人在吗？"朋友用熟人腔调打招呼，住家里出来一对母女，打扮得潇洒又雅致。"哎呀哎呀好久不见，快进来快进来。"说着把我们带到了古屋的二层。房间里堆放着无数绸缎，好似忍者学校的图书室，也像一个蜂巢。

这是一家叫作"若友"的老牌和服店。

大老板娘用团扇给我扇着凉，一边讲起"过去一到季节，农民就来我家领蚕种了，那个队伍啊，排得特别长"。她那语气，让我错觉我们是熟识多年的老友，并非刚刚见面。养蚕轶事也确实有意思，我听到入迷。仔细想一想，这都是带路友人与老板娘关系亲近，再加上老板娘能说会道、自来熟的结果。

"来嘛来嘛，请好好看看这些衣料，请随意一匹一匹展开来看呀。"老板娘是不是这么说的，我记不清了，只有大体印象，反正是亲切又好听的诱人腔调。

蓝色绸缎太美了，我被吸引住了，这是一种我在哪里见过，却从未穿过的颜色。并不是很老派的蓝色，用作衬衫或围巾完全可以，但如果全身上下都是这种蓝，我就想象不出会是什么样子。

说话间，母女二人让我站起身来，拿起一个假衣襟似的东西缠到我肩颈上，铺开一匹绸缎比过来看效果。先像卷印度纱丽一样卷到我身上，从身后搭上肩头，在白色假衣襟上交叉开，摆出一个和服式的领口，在胸前固定好后，再搭配上和服腰带看效果。多余的绸缎流到我脚下，一匹展开的长幅绸缎好似读完的书信卷纸，展开来滚落着停下。"你看这个效果，好不好看？对对就这样，意下如何？对了对了，还有这种式样的。"不到一会儿工夫，我身上已经缠绕过几十种绸缎了。

现在闭上眼睛想一下，几十匹绸缎，每种在我身上缠绕过一次，多出来的部分流丽地淌落在榻榻米上。我仿佛一个源头，不停息地流淌出了几十匹布。

这和在服装店试衣服的感觉完全不一样。在服装店，无论什么衣服都只是衣服，脱下来立刻软绵绵地萎泄了。绸缎不一样，绸缎是活物。那对母女的动作手势并没有强加于我的感觉，她们更像文乐木偶戏中操纵木偶的黑衣人，也像两个女孩在做游戏，一口气给娃娃换穿了各种衣服。

带我来的友人喏嚅，她以前对这些根本不感兴趣，自从来过这里一次，就不由自主地陷了进去。

那幅蓝缎售价十万日元多点。我当然没有当场买下，这点理性还是有的。但如果下次再来，我肯定忍不住，会不顾一切地买下来，并就此深陷进去，世世代代的女人深陷其中不能脱身的业之道。

这个世界犹若无底泥沼，幽深奥妙。光买了绸缎还不行，得找裁缝做成和服。如果不做成单衣，还得装上衬里。里面需要襦袢[1]，需要系绳，当然还需要腰带。最关键的是得会自己穿[2]。我这人不够灵巧，连系绳都结不好。要想穿起和服，得从头学起。算了算了，我哪有这份闲钱，没钱的话一切都谈不上。

然而我知道自己的心里燃烧着一丛业火。

我的心被点亮了。

如果有一天我真的变成了满头白发的山姥妖模样，希望那时候我有能力，可以二话不说、干脆利落地穿上那种蓝色和服。

1　贴身穿的长衬衣。
2　和服穿得整齐好看很不容易，一般人穿不起来，需要别人帮忙，或跟老师学习穿法。

秋夜的明月啊
我终于
瘦下来了

得意地笑，我瘦了。

辛苦拼了一年，狂跳了一年的尊巴舞，现在终于看到了成果。好久没称体重了，前不久称了一下，和一年前相比，我瘦了四公斤。当然不能和年轻时相比，年轻时即使什么也不干，就有十公斤单位的体重增减变化。四公斤对闭经后的女人来说可是大数目！

跳了那么多尊巴，却一直不见显效，就在我放弃希望的时候，发现不知从何时起，我能穿紧身 T 恤了。就是那种因为在意腰腹上的赘肉、不愿意暴露曲线、多年来从未想过要穿的紧身 T 恤！尊巴舞跳了三个月后我买了一条牛仔裤。要知道，从前我常年穿着遮掩体形的裙裤，现在有勇气买贴身的裤子了，几个月后我又买了一条同款，发现现在合适我的，是小一号的！

还有，今年夏天我过得比较轻松。往年我苦夏，尤其进入更年期之后，夏天非常难熬。天气本来就炎热，身体里有潮热，再加上我有强迫症，为了遮掩肥肉，必须穿一件外套上衣。今年的炎热一如既往，随便怎么热，我都横下心来甩掉了外套，因为就算身上有松垮肥肉，也是与我年龄相称的那种程度，并不过分。

最棒的是，身上瘦了脸上却没有增加皱纹，因为我在坚持正常饮食，坚持运动，是一点一点瘦下来的。我脸上当然有皱纹，无可否认，每当我看到与我年龄相仿的人用限制饮食来减重，虽然不会说出口，但毫无疑问她们脖颈和脸上都有不自然的皱纹。幸好我没有变成那样。

尊巴啊，谢谢你，衷心地谢谢你。

体重减轻的感觉实在太美妙了。至今为止，我从未停止过减肥的念头，却很少能真正减下来。以往都是状态不好、身体不健康的时候，体重才会变轻。

有人希望能维持二十岁时的体重，我二十岁时正在厌食，身体状况一塌糊涂，重复着暴瘦和猛肥，靠谱的体重数字到底是多少，我也说不清。

二十八岁时我生了孩子。怀孕过程中我胖了十五公斤，产后很快瘦下去了，因为那时我还年轻。三十岁时生了老二，四十岁时生了老三，这两次就没能瘦下去。老二那会儿，我忙着吃老大的剩饭，生老三的时候我已人到中年。

三十五岁时我患上抑郁症，在很短时间内猛烈地瘦了很多，曾有人毫不客气说我那会儿满脸皱纹，形似僵尸。我病了差不多五年，等恢复状态生下老三后，就彻底胖了回去。

四十出头的时候，我连续两年入选芥川文学奖候选，连续两年落空，那会儿我也瘦了。那会儿出尽了风头，我满心期待，又连续两年失望，胃一下子就不行了。那时我想，同样情况如果再重复几次，肯定会要了我的命。

其余的时间里我一直在胖。美国式的饮食方式，缺少运动，以及更年期，让我胖了。胖了。胖了。胖了。别看我现在喜出望外地宣布自己减了几斤，其实离我三四十岁时的体重还差好远。

刚开始上尊巴课时，我以为自己跳得很努力了，其实并没有活动开身体。只要看看初学尊巴的人的动作就会明白，以前我也是那样子。现在我熟练了很多，能控制住肌肉了。以前跳到一半就会累瘫，现在能轻轻松松地大跳到最后。就连我自己都奇怪，这把年纪，这是怎样的体力！然而这一年来，脂肪在逐渐转换成肌肉，体重秤上的指针丝毫不动，让我明白要想实现减轻重量，只有减少饭量这一条路。

今年夏天我回到熊本，父亲已经不在，剩了我一个人。我懒得做饭，总是买现成的吃，大多是不太健康的东西，调味也容易腻。我换了心态，开始自己做，挑选更健康的食材，吃了大量豆腐和蔬菜，减少了奶油包（我爱吃！）、油炸土豆饼（我爱吃！）和啤酒（戒不了！）的量。

同道们，减肥没有捷径可走，这句话是真理。

鹿乃子一家来我家玩了。我和孩子玩了一会儿，其实孩子的头还没竖稳，也不笑，我只能干抱着。如果把宝宝肚子朝下放在床上，宝宝就会拼命抬头，那脸、那样子，酷似我的婴儿时期，特别有主见、倔强、聪明。三个女儿相貌都肖似她们的父亲，现在隔了一代，长期蓄力潜伏的我的 DNA 终于显山露水了，让我有种复仇的快感，也好像完成了一项大事业。

其实和这么小的婴儿没什么好玩的，很无聊。我自己当妈时也觉得很痛苦。那时我脑子里都是各种截稿日期，经常烦躁地想：我哪里有闲心陪着孩子玩！但不可思议的是，现在不一样了，我能抱着孩子，放松悠闲地和孩子待在一起。因为我是祖母了？并不是这样，我现在也有截稿日期悬着。婴儿的可爱，是实实在在的小生命的可爱劲儿，并不因为是我的 MG。现在之所以能放松地和宝宝共处，我想都是坐禅的功劳。

前不久，我回熊本时参加了附近禅寺里的坐禅会。

我是一个手脚毛躁的人，忘了是什么时候，有一次我在医院候诊时，读过"成人多动症"的科普小册子后，很是吃惊——这说的不就是我嘛！所以，坐禅会这种需要四十分钟静坐不动的事，我既没有尝试过，也觉得自己做不了。

开始五分钟后我就后悔了，头脑里只有杂念。

和尚说，有杂念没关系，任其流转就好，门有两扇，打开一扇门，把杂念放进去，开启另一扇门，把杂念放出来，便是坐禅的大体感觉。我的两扇门始终敞开着，关不上。杂念呼啸着涌进来，嗷嗷叫着从另一扇门里出去了。

十分钟过去，还是不行。我想中途退出，又觉得跑过去对和尚说"我不做了"很丢人。就在这时，钟声响了。并不是刚过十分钟，而是四十分钟的坐禅已经结束了。等我清醒过来，发现身心轻快了很多，犹若舒缓地泡了一场温泉。

我参加了两次坐禅。其成果，是不再惧怕那种放松下来什么也不做的时间了。以前不行，我怕得要命，所以一直在做着什么，停不下来，五分钟的空档都不行，不做点什么就会不安。现在当我抱着孩子，当我在某个办事窗口前静等着无所事事时，我在心里重拟坐禅的过程，马上就能从短暂坐禅中体会到短暂泡温泉的放松感。

我在加州也想坐禅，可惜附近没有禅寺。或许瑜伽有同样效果？以前我嫌瑜伽动作太过舒缓，让我心急火燎，自从体会到坐禅的好处，我觉得可以去练瑜伽了。

实际做起来才知道，瑜伽的舒缓能深入到身体内部，根本不会心急火燎、不耐烦。在每个动作之间，从一个动作变化到另一个动作时，我能联想到坐禅，徐缓而宁静地呼吸。这样一来，身体上的肌肉也放松下来，放松的感觉重新传回大脑。那种舒服啊，就算不及泡天然温泉，也像在自家浴缸里泡了一个好澡。坐禅的姿势分为结跏趺坐和半跏趺坐，如果道元禅师[1]当年迷上的是瑜伽，说不定，现在的坐禅姿势会是英雄式和牛面式。

1　日本佛教曹洞宗创始人，也是日本佛教史上富于哲理的思想家。

瑜伽虽好，但是存在一个问题——我听不清老师的指示。瑜伽老师总是把房间弄得光线很暗，不佩戴麦克风，声音也低，我听不清，只能模仿旁人的动作。即使如此，心情也足可以变得很好。

有一天发生了一件事。我正做着动作，老师走到我身边，对我说："你是不是听不懂英语？"并纠正了我的姿势。这是一位亲切和蔼的老师。我的手脚方向被纠正后，动作一下子标准多了，比我以前模仿别人时要舒适很多倍，就像进了一个喷射浴池，大脑的每一层皱褶都得到了愉悦的刺激。

那之后我没再去瑜伽教室。既然这么舒服，多去才好啊，但我没有去。

在加州居住了十五年，我说着英语，玩命闯过无数生活难关。到了现在，如果有谁当着众人面说我"英语不好"，我会不高兴。

我固执，乖僻，随便你们怎么说。主意一旦拿定谁也改变不了。我就是不想去……剩下的就只有那什么了：模不模仿别人的动作都没关系，只要老师佩戴麦克风大喊着，绝对不会出现听不清的那个问题。如果当年道元禅师在天童山学的是尊巴，说不定，现在的坐禅姿势是疯狂地扭动腰肢。

又过了一个生日，我五十七岁了。高中时代的友人M子发来邮件："四舍五入一下，我们都六十岁了呀？"为什么非做这种四舍五入不可呢？我回信说。同时我也明白她为什么想做四舍五入。

前一段回日本时，我感觉特别好。无论走到哪里见到谁，大家都异口同声问我"瘦了吧"，这比问候"胖了吧"要愉悦无数倍。我兴头上来，全程都穿着牛仔裤。

最开始买的牛仔裤是优衣库的弹力型。有一天我带着三女儿小留去买衣服，二女儿已经工作，不用我为她买衣服，小留是高中生，必须定期带她去买。我们去的是年轻人喜欢的店，我在试衣间前等得实在无聊，就顺手拿了一件自己也去试了，没想到很适合我的体形！即便式样不太合适我，但是减价品，折扣够狠，欧巴桑岂能错过这种好机会，于是就买下了。正好 T 恤也打折，我想着可以在尊巴课上穿，也买了。

这种商店卖的牛仔裤，乍一看和优衣库相同（用的是牛仔裤面料，有两条腿，前面有拉锁），然而不是带着奇怪的装饰，就是特别低腰。T 恤衫上往往有大字。我想反正都是英语词，不要紧吧，实际上认真读一下，都是什么男人如何如何，地狱如何如何，激烈的朋克少女风。

这么一来我赫然发觉，我现在的打扮和小留差不多。小留和我体型类似，唯一的区别是她巨乳，我瘪乳；她光滑明亮得像个镜子，我这里那里又干又皱。这些都是再明显不过的区别。明明我家还有个二十岁后半、穿衣打扮低调沉稳的女人（二女儿），可我越过了老二，直接把自己投射到了高中生的老三身上，真是恬不知耻。

我的头发很长，从三十五六岁后就没再剪短过，头发烫成了卷卷，走的是凌乱卷发路线。最近没怎么去美容室，卷卷差不多快平了，看上去就是一头任其疯长的乱发，暑天时奇热无比。我梳过辫子，可是看上去特别老气，除此之外，染发对头发损伤很大，头发会变得干燥毛糙。比起白发，我更不喜欢这种毛糙感，所以最近一直没染。理所当然，头发根那里白花花的一片。白头发再梳成辫子，简直老气得无可救药。一进秋天，我松开辫子，时隔一年重新烫了头发。现在，我是那种走在路上，凌乱卷发迎风飞舞的劲头。光看背影，我是一个（体形不太好的）女高中生，转到正面再看，是一个四舍五入六十岁的巴霸，好似浦岛太郎偷偷打开仙女的宝箱，一瞬间变成了老翁。

只有脸在无法逆转地变老，一天一天地老了下去。

我周围有很多人，背影看似二十几，转到正面五六十，活似无面怪和口裂女的原型。

以前我看着这些人，觉得她们不愿接受衰老的现实，现在才知道，我说不到别人。

照这么下去，我会忘掉世上有种说法叫作"一个年龄有一个年龄的样子"，不断奔向可笑的方向。我一边认为这不正常，同时也心生疑问，为什么上了年纪，就必须中规中矩地扮出成熟模样？对这个自问，我还没有找到答案。

换个话题。

前不久我应邀在一个女子大学的同窗会上做了演讲。去之前，我听说参加同窗会的都是优雅名流，就想自己也得相应打扮一下，于是花了比平时多几倍的力气，找出我衣服中最贵的衬衫和长裤，并在前述的 E 元家里，和 E 元并列在洗面台前化了妆。我换好衣服，E 元却说，这种不上不下的衣服还是算了吧，说我前一天的打扮就可以。前一天我穿的是 Gap 的 T 恤和低腰牛仔裤，上下加起来才几千日元。

　　"比吕美啊，你大大方方地袒露自己就好，那些人之所以邀请你，就是想看吓人的东西，从中受刺激，就让她们看看你平时的样子呗……" E 元说得句句在理，到底是身经百战、看遍人生的女汉，智慧通透，我只有深深地点头赞同。

扔掉

扔掉扔掉

全部扔掉
扔掉扔掉扔掉
吧

　　我继续在熊本父亲家中收拾东西。我打算闭上眼睛，扔掉所有东西。餐桌前的椅背上挂着父亲的马甲，他临死之前穿着的那件，我本来可以仔细叠好的，但我并没有叠，打算直接扔掉。

　　尽管我下定了全扔的决心，有几件东西还是想保留下来。母亲的日式衣柜，带着玻璃门的书柜，以及冰箱。我处理掉自己公寓里的独身生活尺寸的小冰箱和食器柜，把父亲的换了过去。安置好后，发现我自己的厨房变得那么陌生，好像别人的家，好像那种天天做饭吃饭、家庭功能正常运转的家。这也从反面证明了我和前夫离婚后的状态以及每次回到日本的生活，是多么的潦草，多么的反家庭。

　　随后用纸箱搬过来的是我小时候读过的书。母亲的花器。家庭影集。

影集里有我、我的孩子们、年轻时的父亲母亲、他们年轻时的朋友、进入老年后两人一同外出旅游时在各处的留影。

我没有带着他们去旅行过。他们没提过，我也没开口。如果他们提了，我肯定会带他们出去玩的。现在我很后悔，我明明可以主动的，为什么非要等他们先开口。真是的，对父母，我后悔的事情太多了，远比我在育儿上的后悔事多。

拉开壁橱，里面堆满了被褥，每种花纹我都熟悉。母亲从这个家中消失八年了，以前一拉开壁橱就能闻到的母亲气息，如今也淡去了。

我从小和父亲更亲近，和母亲的关系一直不融洽。只要我不按她说的做，没变成她希望的样子（我怎么可能听话！），她就焦躁发火，在各种小事上找碴。等她卧床不起，一切的一切都变得不如意后，她才习惯下来，不再对我指手画脚，终止了我们关系中的恶性循环，放松地死了。

我不讨厌母亲的气味，喜欢父亲的气味，现在闻上去实在很臭。食器柜里重叠放着很多碗碟，这也让我想起母亲。母亲的衣服除了和服外，其他都送给了姨母。父亲的衣服全部都在，但说来很不可思议，每当我打开衣柜，想起来的都是母亲。

在壁橱里发现了大量我女儿小时候玩过的玩具娃娃。找到了她们吃婴儿辅食时坐的小木椅。硕大的丘比娃娃，背上的翅膀掉了。还有我年轻时收集的各种招财猫。这些都是我想找的，一一打捞出来后，都带回了自己的公寓。还有很多想找的，但找不到就找不到吧，失落了的东西和对父母的记忆、父母的念想，都一起交付给命运好了。就像兵马俑。就像伊藤家的崩塌。

最后的最后，我又想起一个东西，一个叫春枝的娃娃。那时我五岁，现在我还记得第一次抱到娃娃时的喜悦，给娃娃起好名字后的自豪。当时的家庭影集上有一张我抱着娃娃的照片，一旁有行小字"这个娃娃两千三百日元"，是父亲的笔迹。小时候我经常抱着它，和它一起睡觉，一起洗澡。那之后它被收起，一直放置到了现在。

母亲身体还好的时候，娃娃被拿出来过一次。它比我记忆中的更大、更硬，手脚修长，小巴掌脸，皮肤脏乎乎的，金发褪了色，蓝眼睛掉得只剩下一只，看着十分诡异。衣服上污渍斑斑，母亲飞快地给娃娃织了毛衣和裤子换上，再次收了起来。在我的记忆里，娃娃变得更难看、更吓人了。

我本来没打算找的。第二天就要回加州，我走之后，清理公司会进来清空一切。到了深夜我忽然觉得不安，当年父母从东京搬到熊本时，母亲是以什么样的心情带来了这个诡异的娃娃啊。我连夜在房间里寻找，心里一直在想，我必须和女儿们交代好，"扔掉这个娃娃"，不然我死后大家都会受困扰。

找到了。

这个名叫春枝的娃娃。

我在壁橱最上面一格找到用塑料袋装着的、身体冷硬如铁的娃娃时，不由自主地大声呼唤了它的名字：春枝妹妹！

以前我只叫它春枝，名字后面不带昵称。如今的昵称上，显示出我们分别多年、不在一起生活的陌生距离感，就像成年后与幼时玩伴重逢，会客气地称呼他们为某某先生。

我从老化发黏的塑料袋里取出硬邦邦、冰凉凉的春枝，像小时候那样把它抱在怀里，告诉它，"春枝妹妹，爸爸和妈妈都死了呀"。说着说着，我哭了。

我和父亲更亲，从父亲身上受了很多影响，性格和能力都像他。我与母亲合不来，性格完全不一样，母亲根本不愿意理解我，我与母亲之间有的尽是分歧和碰撞。

自从我不再吃母乳后，父亲就厚着脸皮往前凑，从母亲手中夺走了育儿权，溺爱我，让我成了一个整日黏在他身上的小姑娘。"差不多就是你爸把你抢走了，想起来我就不甘心"，母亲曾经这么说过。那时我还年轻，差不多就是第一次生孩子的时候，听到这句话时并没有多想。

在家里，母亲被隔绝在父女同盟之外，但同时，父亲在我不知道的地方又与母亲确立了强有力的夫妇同盟。直到后来我抛弃了父亲、离开家以后，才意识到这一点：因为即使我抛弃了父亲，父亲也丝毫不为所动，这让我很失落。

在我看来，母亲永远烦躁易怒，我永远不符合她的意愿，无论是价值观，还是穿衣打扮、行为举止，一切一切。

我有时会想，如果我有一个像我自己一样的母亲就好了，包容下我想做的事情、瞄准的方向，那将多么轻松。

其实没有这回事，看看我自己家就知道了。即使有我这样的母亲，我的女儿们依旧背负着万般烦恼。一部分烦恼的元凶可能就是我本人。

看来，无论什么样的母亲，只要是母亲，就是毒。无论什么样的母亲，只要是母亲，就是滋养。

我母亲与其说是毒，更像荆棘刺，我只能一步步无视她的尖锐，摸索着与她共生。

母亲卧床不起后，住了五年医院，四肢不遂，人也变得呆呆的。我尽可能多地去探望她，对着她的耳边诉说了很多烦恼，母亲用她不能动的身体和衰退的头脑，竭尽全力地为我操心。也许大家会说，这对瘫痪老人来说太残酷了。最开始我是故意这么做的，为了刺激她，让她多做思考练习。母亲卧床不起后无所事事，我想让她感知日常生活，给她一点操心的种子，让她知道自己还活在人世上。最终，也是因为我自己渴望诉说。

当时我的烦恼多到数不清，能倾听我诉说的女友们住得太远，父亲在这方面起不到作用。

父亲渐渐衰老下去，越来越像一个小男孩，沉溺在他自己的世界里出不来，只对棒球、相扑和打打杀杀的古装剧感兴趣，把住院的妻子叫成妈，把孙女们叫成我，苦等我从加州回来。这样的父亲，就算我说了什么烦恼，他也只当是耳旁风。

而我母亲远离了社会，只关心自家亲人，她做女儿时的家人，她做母亲时的家人，她女儿的家人，她焦心等待我从加州回来，所以我拼命地把自己的事讲给她听。每件事，母亲都听进了心里。

母亲死之前的几个月里，还能稍微说几句完整的话。有一天母亲忽然冒出一句"有你在，太好了"，然后说"因为是这种孩子，所以很麻烦"，沉默了片刻，又补了一句"经历了这么多，我很开心的"。

我的厨艺刀工很好，剁碎末、切薄片都顺手即成，这都是母亲教给我的。每次我切东西的时候，耳边都回响着母亲的挑剔，"你的手没放对地方""你拿刀的姿势不对"。

母亲唠叨起来非常烦人，让我烦透了。无论我做什么她都不满意，在各种小事上挑刺干涉。我若不听话，她就动手打我，蛮不讲理。我从小就在想，她为什么一定要把自己的想法强加给别人啊，她为什么不明白呢，即便我是她女儿，也是一个独立存在的他人。

　　我过了青春期后，就懒得和她争了，只觉得她笨，不会在自己和女儿之间划开一条界线。直到我过了四十岁，彻底远离了母亲，才明白她不是不愿意理解我，而是没有理解的能力。这样也好。她在人生最后的日子里，是一个耐心倾听了女儿烦恼的母亲。那句"有你在，太好了"，解开了她加在我身上的咒。从今往后，她的声音会一直回荡在我耳边吧，我想，这样也没什么不好的。

　　直到现在，我都系不好活结，总是打成死结。每到这时，就会听到母亲不耐烦的声音。每当我踩着一块抹布用脚擦地板时，也会听到母亲的怒骂声。

昼短夜长
晒白萝卜丝
白米饭

　　最近我在一家日裔老人日归护理中心里做义务护工，里面的老人通常一周过来一次。日本人A子介绍我来，"老人和义务护工都差不多，和我们一样，是无处可去的女人"。

　　来这里的老人，是在日本出生、只会日语的老女。如果询问她们的年龄，答案通常是昭和二年、昭和三年这种的。义务护工也是出生于日本的女人。

　　星期三早晨，众人聚集而来。首先准备午饭，在负责人Y子和做了多年的M子指挥下，我们默默地切着黄瓜，切着葱。

　　菜肴是日本家庭料理。盛夏的时候也有中华冷面，而且是放了黄瓜、火腿和豆芽的很正统的做法，老人们认真地给豆芽掐了尖。上上星期的午饭是烤鲑鱼、萝卜干酱汤、腌菜和豆饭。上星期是关东煮。众人围着长条桌一起吃饭。日本家庭料理真好吃啊，所有菜式都那么舒心妥帖，食材没有太多加工，口味清淡，每样菜下锅之前，都精心做好了处理。

午饭之后，众人分成艺术手工制作和诗朗诵两组活动。我当然在诗朗诵组里。我高声给老人们朗诵金子美铃和柴田丰的诗，也请每位老人大声朗读。声音只要流淌出来，就会越来越清晰。有人读得很生硬，有人读得声情并茂，有人打着瞌睡。无论如何，我们越读越顺畅。

我问 Y 子，每次都读同样的诗，老人们不会厌倦吗？回答是"不要紧，到了下星期她们就忘干净了"。真的，她们不仅忘得一干二净，还问我："真是好诗啊，是谁写的呢？"我每次都解释："是柴田丰的诗，她年过九十岁才开始写诗哟。"真是旧诗新读，每一次都是初遇。

因为在柴田丰的诗里读到了"老娘"，我就问老人们："你们还记得自己的母亲吗？"于是，好几个人讲起自己的母亲在战争期间用和服换口用品之类的轶事。从讲述中我渐渐看到了她们的来时路。有人和美国人结了婚，有人是被儿女从日本接过来的，有人和家人同居，有人孤老独住；接送她们的亲人有的是儿子，有的是女儿，面容多样。她们都没有忘记日语。也许因为老了，渐渐忘了英语，也许有人从最开始就不会说。

聚会的最后，大家一起唱歌，唱日本小学里教的歌，还有演歌。最后一首往往是都春美[1]的《我喜欢的人》。

S老人酷似我姨妈，T桑像我母亲。每个星期她们两人又把我忘得一干二净，我觉得她们面善，每次都亲近地找她们说话，她们总是笑着回答我。

有一次大家唱着演歌，我不经意地说："我妈喜欢演歌，我却没和她一起唱过。"S老人接上话茬："哎呀，你为什么没给她机会呢？"问得我心中微痛，好像被姨妈问了。

有一位老人有轻微老年痴呆，几个月前被女儿从日本接到这边。这位女儿送完老人要走时，老人跟着站起来："那我也回去。"女儿语气严厉："妈，求求你了！我已经每天二十四小时陪护你了呀。"话语中流露着疲惫和焦虑。她的心情我太能理解

---

[1] 都春美（1948— ），日本演歌歌手。

了，其他义务护工也一样，她们纷纷走到老人身边劝说："您让女儿歇一会儿，没关系的，我们一起吃午饭吧。"

义务护工们都是在美国居住了多年的人，她们因为各种理由来到美国，至此饱尝了艰难辛苦。大家都适应了加利福尼亚的生活，有着加州人的爽朗性格，大家一起聊着日本的事，聊着签证，聊着日本食材店最近有什么促销，切着葱，喝着茶，吃着午饭。

有一天我对老人们说，如果柴田丰能写，那我们也能写呀。于是，让老人们写了诗。

我提议说，诗的第一句，就用"我从前"几个字吧。几个老人马上顺畅地接着写了下去。我永远记得看到她们的诗时的感动，"我从前驾驶着一辆二吨卡车"，"我从前像向日葵一样耀眼，他说"。这些思考能力逐渐退化、事情隔周即忘的老人，此时从心底深处涌出了诗句。

有的老人怎么也写不出来。"太难为情了，忘记汉字怎么写了……"我想起父亲从前说过："我想写俳句，忘了汉字怎么写，手上也没力气，写不了字。"

好呀，下一周让她们口述，我来代笔。我要带一大张纸过来，还要准备一支软芯签字笔。

在加州，我经常听见女同性恋用"My girlfriend"称呼恋人，让我很羡慕，因为我也有几个想这么称呼的女朋友。当然我是异性恋，性对象一直是男的，但我对女友们有很深的感情。有时觉得人生中最值得珍惜的也许就是女友们。反正孩子们一直在那儿，亲子关系自然存在，谈不上相识，也没有断离。就像我母亲虽然烦人，只要她在，就有意义。女友们不一样，和男人们也不一样，我与女友的关系更密切，更亲昵，相知相爱，在这种关系里我能保持完整独立的自我，不受任何干涉。

最近我结识了一些新女友。多年以来，我一直很害羞（不要不信！是真的！），只有为数不多的几个交心女友，这辈子被她们拯救了无数次。现在活到这把年纪，终于学会了敞开自我，这样一来，从四面八方，我又结识了很多同样敝荡的女友。

今年夏天到秋天，我像断了线的风筝在各地游荡。这几年为了父亲，我拼了命地往返于加州和熊本之间，竭力避开去别的地方。即使遇到万不得已的安排，也是速去速返，心无旁骛。春天父亲死后，我一下子没了力气，所以从夏天到秋天我无心地飘游，风筝断线并非比喻，是真的失去了牵绊。

夏天，我借口去度暑假，开了三天车，去温哥华看望女友。女友是翻译家，已在加拿大住了几十年，和加拿大丈夫离了婚，有一个儿子，没换国籍，拿着绿卡，始终坚持说着日语。

我们是去年在工作中认识的。后来我在东京开朗诵会时，她也赶来参加，会后我们一起去喝酒，一起到我亲友 E 元家中挤着睡了。再后来一直用邮件交流。毕竟我们年龄相近，生活状态类似，都是原生于日本的河原荒草，她纷飞到加拿大，我流落到了美国，以同样的姿态扎根繁生下来。虽然美国和加拿大相距遥远，但我写文章时，总觉得也是在替她写。

秋天去奥斯陆见了另一个女友。本来是去工作的，因为我是诗人啊，经常受邀参加诗会，去各地大学开朗读会。这次工作结束之后，在女友家住了两天。去芬兰时坐的是 FINNAIR[1]，也是女友教给我的。以前我根本不知道还有芬航，毕竟我住美国，常年飞来飞去坐的都是美国的航空公司。

我们是几年前在某个大学朗诵会上认识的。她偶然去那所大学听了我的朗诵会，会后她叫住了我。她是个学者，定居奥斯陆数十年，有夫有子，丈夫是挪威人，年迈老母在日本，已经进了老人院。她和我一样，每年回几次日本看望母亲。

我们第二次相遇是在横滨，第三次是在东京的巢鸭，每次相遇，聊的都是各自的处境和感想。聊完后我回熊本，因为父亲正等我回去。她回东京的老人院，她母亲在等她。我们说着体己话，我心里想，我那本《镊子 新巢鸭地藏缘起》简直就像是摹着她写的。

她母亲去年去世了，今年夏天她在邮件中写道："一想到再也不用为了看望母亲回酷暑难耐的东京了，再也没有人焦心地期待我回去了，就觉得那么不真实。"这也是我的真实感受，几行字让我

---

1 芬兰航空。

泪如雨下。

和 E 元相识的时候，我还年轻，五分钟就能讲完自己的经历，更严峻的尚未到来。现在不行了，我经历过的各种事无论怎么讲，都没个头，讲不完的，毕竟我活了这么多，这么久。

我们是满身疮痍的女人。无论旧相识还是新女友，都浴着血，伤痕累累。有孩子的为孩子而伤；父母健在的为父母；有男人的，男人是元凶；没男人的，亦自有伤痛。我们精疲力竭，身心破碎，然而当新的太阳升起，又镇定地站起身来，该干什么就干什么。甚至，平时根本感觉不到自己已经满身伤痕。

我想把心声传达给女友们，这是我坚持写作的动力。我亲爱的女友们，熊本的，东京的，加利福尼亚的，柏林的，苏黎世的，分散在世界各个角落里的、无处不在的女友们，尚未谋面的每位读者都是我的女友，但愿我的心声也传送到了你们心里。

本书连载时的标题是《我乃汉》，写作"汉"字，读作"女人"。我想写出我们这些俗称欧巴桑的女人的正义心、行动力、对人生的醒悟和勇气，写出欧巴桑的自矜。后来整理成书时，这个标题检索起来不方便，含义也模糊，想来想去，最后决定用《闭经记》。新标题乍看怪诞，我很喜欢，觉得是我们欧巴桑的人生战记。

本书写的并不都是闭经的事，但无论枝蔓写到哪里，其根本都是闭经前后的女人的身体，是正在老去的我与各种人和事之间的关系，对我来说这一切都新鲜又有趣。

最近我的身心越来越轻快了。父母死去，令我一轻；孩子长大，令我一轻。大女儿鹿乃子在《鹿乃子的好乳房　坏乳房》和《鹿乃子的肚肚　脸蛋和屁股》中拼命地活着。二女儿沙罗子是个不太想单飞的孩子，一直赖在家里，正当我自洽地想现今她这样的并不少见，就当是座敷童子[1]好了，她却冷不丁地单飞独立了。小留明年上大学，必然会离开父母，现在她已经迫不及待了。老犬茸茸也死了，茸茸守护着我的女儿们度过青春期，直到沙罗子和小留长大成人，才安然离去，仿佛象征了什么。

我感慨地想，一个家庭就这样逐渐缩小了。大约二十年前我经历过一次家庭崩塌，那时心里完全没有这种缩小的感慨，那时的崩塌更像细胞分裂，我们各奔前程，各自繁衍。现在情况不同了，现在的家庭关系在缩减，肉体在萎缩变小，剩下的，只有单方向的衰老之路。不对，我身边还剩着一个夫。如果是亲密热络的夫倒也罢了，可惜我们之间的关系并没有这么美妙，即使如此，我们依旧一起生活，直到缩小再一次发生，剩下谁孤身一人。

多拜妇人公论社的小林裕子女士，有她在太好了，她真诚地包容下我写的文章，我的人生经历、想法和生活变化。因为有她相助，我才愉快地写完

1　日本民间传说中的一种住家精灵。

了两年的专栏连载。还有画插图的末房志野女士，她每次收到我的连载文字后，都用尽心思，精心用色彩和线条表达我的想法，表达得悠闲、镇定，又过激。

不光她们，通过其他工作合作，大力帮助过我的编辑部诸位，负责编辑中公文库版《好乳房　坏乳房（完全版）》《肚肚　脸蛋和屁股（完全版）》《吃了哪个菜？伊藤比吕美和枝元菜穗美的往复书简》的三浦由香子女士，中公经理部的渡边智子女士，都和我一样是女汉，是欧巴桑，我们合作得愉快极了。上一次合作得这么融洽，还是我年轻时在妇人生活社《Petit Enfant》杂志上连载《肚肚　脸蛋和屁股》时。在两次合作中，我写，她们阅读，我们分享了同一种生活经历，产生了同样的悲喜之情。

好了，就写到这里吧。我们还会在其他地方相见的。如果你遇到我，请招呼我一声："比吕美，我也是一个女汉，一个欧巴桑。"

二〇一二年二月

伊藤比吕美

又是几年时间过去了。五十岁的这十年里，我经历了闭经，经历了欧巴桑要承受的各种人生考验（七成是照看父母），现在我已六十有余。

有时候我会不经意地发现，数不清的皱纹就像水面碎波一样无力地从我的脖子、胳膊和小腹淌下，就这样吧，没关系的，这并不是什么需要解决的问题。周围的女友们也和我一样，脖子上胳膊上都有皱纹，这就是老啊，仅此而已。

写过这本书之后，我没有停笔，接着写了《父亲之生》《犬心》《木灵草灵》和《女人的一生》，还翻译了一些古代典籍。在写《切腹考》时，熊本发生了大地震，随后夫死了。

我从未想过夫之死是这么深刻的一件事，他的死改变了一切。原本的地平面忽然崩开了。

我手把着夫的阴茎放进小便瓶时，忽然醒悟到我在看着一个男人活完了一生，最终走向死亡。正因为我知道这根阴茎从前曾多么壮大，所以那一刻才觉得特别小，就像婴儿的一样，小小地缩成了一团。尿液流淌到了我手心上。

　　夫呼吸停止时，下葬时，我都没哭。只是长年以来共同生活的情景不经意地划过心头时，我会鼻子一酸，声音变得哽咽。但也只有这么多。

　　我六十岁出头时眼前的世界忽然失去了颜色（当然，这是因为我为一个比我年长很多的男人送了终，心情难免变得消极），这和我五十岁搏击的十年那么不一样，世界枯萎了，人在亡去，我仿佛感知到自己的人生单向之路终将走向枯萎和离去。如果再写一本书，一定要起名为《寂寥》。

　　我以为就这样了，但出乎意料，人生和我想象的不太一样。夫死之后，等我渐渐习惯他已从我身边消失这个事实后，不知为什么，我头脑中的阴云一下子散去了，视野变得开阔，看到了迄今为止未能看到的东西。虽然肉体依旧在逐日松弛老去，但我感觉到自己被彻底净化了一遍，变得浑身轻松了。

活了六十年我第一次感到这么轻松。仿佛进入了一个无重力空间，四下空旷无碍，明净而无色。好似一场小型涅槃，愉悦而舒适。回想从前，我的头脑里和身体中充斥着凌乱繁复的色彩，我心烦气躁，迷糊莽撞，莫非这都是荷尔蒙在作祟？现在闭经了，这些都消失了，又让我很怀恋。

各位欧巴桑、女汉，听我说，我们还要继续走下去，人生啊，长着呢！

本书出版文库版，要感谢三浦由香子女士的多方努力。她在编辑出版我的《好乳房　坏乳房（完全版）》《肚肚　脸蛋和屁股（完全版）》和《吃了哪个菜？伊藤比吕美和枝元菜穗美的往复书简》时还是个年轻的女孩子，那之后她结了婚，生了孩子。看着她干净明亮的宝宝我不禁想，我们都一样，都在经历人生岁月啊。

二〇一七年五月
伊藤比吕美

我就是赤裸裸的我，

不做伪饰。

——伊藤比吕美